Contents

우리 모두는 자기 삶의 저자입니다

누군가 제게 지금까지 살면서 제일 잘한 일이 뭔지 묻는다면 저는 한 단어로 답하겠습니다. 책 쓰기. 책 쓰기는 제게 새로운 길을 선사했고, 덕분에 '내게도 이런 일이 일어날까?' 한 번도 생각하지 못했던 멋진 일들이 펼쳐졌습니다. 책 집필을 통해 삶을 바꿀 수 있음을 체험하면서 다른 사람의 성장을 돕는 책 쓰기 교육을 시작했습니다. 이 또한 책 출간이 선사한 선물입니다.

오래전 처음 책 쓰기 교육을 준비하면서 한 가지 목표를 마음에 새겼습니다. 바로 좋은 책을 쓰도록 돕는다는 것입니다. 좋은 책에 대한 절대적인 기준이 있는지는 모르겠지만, 제가 생각하는 좋은 책은 진정성을 담아 자신과 독자의 정신과 삶에 긍정적인 자극을 주는 것입니다. 좋은 책은 책과 저자가 따로 놀거나 분리되지 않습니다. 책을 쓰며 먼저 저자 스스로 성장해야 좋은 책을 쓸 수 있습니다. 책 작업과 삶이 서로에게 자양분을 제공하여 선순환을 그리며 함께 성장할 수 있도록 안내하는 게 제 역할입니다.

책 집필은 제가 알고 있는 최고의 공부법이자 자기 탐구 방법입니다.

한 권의 책을 쓴다는 건 본인의 화두 또는 절실한 문제를 풀기 위해 스스로 질문하고 성찰하고 답을 찾아가는 과정입니다. 그래서 책 쓰기는 성찰과 성장을 연결하는 다리와 같습니다. 글을 쓴다는 것은 스스로 자신과 삶의 안팎을 살펴보고 사유하고 정리하는 능동적 활동이기 때문에 이런 과정이 쌓이고 쌓여 임계점을 넘을 때 본질적 성장이 가능합니다. 이게 끝이 아닙니다. 성장은 성찰에 동기와 재료와 추진력을 더하여 더 깊은 성찰을 촉진하므로 그만큼 정신이 성숙하고 글쓰기도 넓어지고 정교해집니다. 이렇게 성찰과 책 쓰기와 성장은 선순환하며 상승효과를 일으킵니다.

저는 지금까지 아홉 권의 책을 출간했습니다. 책을 한 권 두 권 내면서 책을 쓰는 과정이 인생과 닮았음을 실감합니다. 하루하루가 모여 삶을 이루듯 한 장 한 장 글로 채워야 책이 됩니다. 모든 인생이 그 삶을 살아가는 사람을 닮을 수밖에 없듯이 모든 책에도 글쓴이의 마음과 언행이 투영됩니다. 요컨대 인생은 온전히 내가 한 단어, 한 문장, 한 페이지씩 써나가야 하는 책이며, 우리 각자는 자기 삶의 저자입니다. 때때로 스스로 묻곤 합니다.

"내 인생이 한 권의 책이고 내가 그 책의 저자라면 무엇을 어떻게 쓸 것인가?"

책을 한 권 한 권 완성하며 이 질문에 나름의 답을 하고 있다고 저는 믿습니다. 이렇게 삶은 책이 되고 책은 삶이 됩니다.

꼭 일기가 아니더라도 어떤 글을 쓴다는 건 그때의 나를 정교하게 기록해두는 일입니다. 이 기록에는 공부한 내용과 경험한 일과 가슴에 품어온

나는 글쓰기로 설렌다.

공저 성화영 · 안재연 · 양설 · 오연미 · 오지연

생각 등 다양한 것들이 담길 수 있는데, 그게 무엇이든 마음에 씨앗으로 뿌려지고 이내 나란 존재를 형성합니다. 특히 책을 쓴다는 건, 과거의 나에 관한 기록을 넘어 현재의 자신을 성찰하고 앞으로 만나고 싶은 나를 그려 보는 길이기도 합니다. 책은 자기를 비추는 거울입니다. 유리 거울은 겉모습을 비춰주고, 책 거울은 존재를 비춰줍니다. 책 쓰기는 직접 거울을 만들어 나 자신을 갈고닦는 과정입니다. 성실히 글을 쓰고 한 권의 책으로 묶는 일이 자기를 재발견하고 자기다운 삶을 모색하는 훌륭한 방법인 이유가 여기에 있습니다.

이번에 인천광역시교육청에서 주최한 '내 인생의 첫 책쓰기' 연수는 매우 뜻깊은 교육입니다. 본 교육은 학부모를 대상으로 2개월 동안 총 8회에 걸쳐 진행했으며 회당 강의 시간은 150분에 달했습니다. 학습자들은 그저 강의만 듣는 게 아니라 매주 까다로운 과제를 붙들고 씨름했습니다. 여기에 더해 육아와 집안일까지 병행해야 했기에 더욱 만만치 않은 과정이었습니다.

그대가 손에 들고 있는 이 책은 이 모든 어려움을 극복해낸 결실입니다. 모두가 합심하여 이렇게 각자 앞으로 쓰고자 하는 책의 출간 기획서와 서문, 그리고 샘플 원고를 모아서 한 권의 책으로 펴낼 수 있게 되어 뜻깊습니다. 여기에 실은 기획서를 포함한 모든 내용은 우리 학습자 한 사람 한 사람이 치열하게 고민하고 정성껏 작성한 결과물입니다. 물론 아직 최종본은 아니어서 개선할 점이 남아있지만, 하루하루가 쌓여 삶이 되듯이 책 작업도 이렇게 하나씩 하나씩 만들어 나가는 여정입니다.

한 권의 책을 완성하는 일은 중장기 프로젝트입니다. 짧으면 수개월,

길게는 몇 년이 걸리기도 합니다. 책을 쓰는 방법은 다양하지만 변하지 않는 진실이 있습니다. 꾸준히 써야 한다는 겁니다. 교육은 이제 마무리하지만 우리는 책 작업을 계속해야 합니다. 이 책이 우리 학습자들이 출간 동기를 되새기고 집필을 지속하는 데 도움이 될 거라 믿습니다. 아울러 본 교육에 참여하지 않았지만 책을 쓰고자 하는 분들에게도 다양한 출간 기획서를 접할 수 있는 흔치 않은 기회를 제공함으로써 긍정적 자극과 아이디어를 제공할 수 있으리라 기대합니다.

두 달 넘게 강사가 교육에만 집중할 수 있도록 배려해주시고 교육 준비를 도맡아 해주신 인천광역시교육청의 조윤경 장학사님에게 감사한 마음 전합니다. 짧지 않은 교육 기간과 많은 과제에도 불구하고, 그리고 무엇보다 부족한 강사를 믿고 끝까지 함께 해주신 모든 학습자 분들에게 진심으로 감사드립니다.

마지막으로 이 책을 손에 든 모든 분들에게 말씀드리고 싶습니다.

그대의 '좋은 삶'을 닮은 '좋은 책'의 저자가 되어주세요.
그대의 첫 책을 기다리고 있을게요.

홍승완,

'내 인생의 첫 책쓰기' 연수 심화과정 강사 · 〈내 인생의 첫 책 쓰기〉 저자

2023년 9월

나는 글쓰기로 설렌다 출간 기획서

성 화 영

마음이 말을 걸 때

몸이 아프면 약을 먹듯이 마음을 챙기며 살아야겠습니다.

도서 제목 및 부제 (가칭)

[제목]

- 마음이 말을 걸 때
- 마음을 쓰다
- 마음에게 안부를 묻다

[부제]

- 몸이 아프면 약을 먹듯이 마음을 챙기며 살아야겠습니다.
- 마음을 쓰니 그리게 되고 글이 되었습니다.
- 마음을 다독이는 방법을 찾았습니다.

저자 소개

성화영

대학에서 화학을, 대학원에서는 코칭심리를 전공했습니다.

첫 직업인 항공기 객실승무원을 오래 했습니다.

일을 하면서 다양한 사람들을 만났고 자연스럽게 인간의 마음에 대해 궁금해졌습니다.

인간에 대한 호기심으로 대학원에 갔고 전문상담사, 청소년 상담사 자격증을 취득했습니다.

최근 배워서 남주자는 마음으로 직업을 바꿨습니다.

두 번째 직업은 심리상담사입니다.

낭독에도 애정이 깊어서 점자도서관 낭독봉사와 북크리에이터로 활동하며 책을 듣는 사람들과도 함께 합니다.

기획 의도

- 몸이 아프면 병원에 가고 약을 먹거나 쉬기도 하는데 마음이 아프면 어떻게 해야 하는지 막막할 때가 있었다. 친한 친구에게 고민을 털어놔 보지만 순간적인 공감과 위로는 늘 그때뿐이었다. 그렇다고 계속 누군가에게 하소연만 할 수는 없지 않은가? 서점에는 마음에 대한 각종 책이 넘쳐나고 오은영 박사님 같은 전문가의 조언이 담긴 영상도 마음만 먹으면 골라서 시청할 수 있다. 유명한 강사의 강연을 들으면 금새 감동해서 눈물을 흘렸고 내일부터 미라클 모닝을 하겠다는 결심을 수없이 했다.
- 마음을 주제로 출판된 책도 셀 수 없이 많다. 마음만 먹으면 뭐든 나에게 꼭 맞는 방법을 찾을 수 있을 것 같은 세상이다. 정보가 없는 것이 아닌데 마음에 닿는 것도 찾기가 쉽지 않다. 운이 좋아서 찾았다 해도 그때뿐 몇 년이 지나도 같은 고민을 하는 나를 발견하고 실망하기도 했다. 10년 전에 했던 고민을 올해도 하고 있는 나를 발견하고 놀라지는 않았는가? 평범한 독자들에게 마음과 관련한 많은 정보들을 불안, 우울, 애도, 중독 등 다양한 주제별로 정리하여 적절한 정보를 찾는데 도움을 주고 싶다.
- 우리는 모두 스스로 치유하는 능력이 있다고 믿는다.

  상처가 났을 때는 덧나지 않도록 약을 발라주고 잘 쉬게 해주어야 한다.

  지속적인 관심이 필요하지만 지나친 관심은 부담스럽다.

  눈에 보이지 않는 마음의 소리에 귀를 기울이고 마음의 근육을 키우는 일이 중요하다는 것을 우리는 모두 알고 있다. 자신의 가장 멋진 모습을 기록으로 남기려고 바디프로필을 찍는 것이 유행이다. 마음은 어떻게 가꾸고 있을까?

몸을 가꾸듯 마음도 다독이며 살았으면 좋겠다. 마음이 말을 걸어왔을 때 대답할 말을 찾아가는 길을 기록했다. 작가가 찾았던 마음을 다독이는 방법들을 소개하고 싶다.

- 이 책은 삶의 전환기에서 작가 스스로를 치유하는 여정을 기록한 책이다.

  코로나-19를 겪고 나서 우울한 사람들이 늘었지만 무엇을 어떻게 해야 할지 몰라서 그냥 무기력한 상태로 있는 사람들도 많을 것 같다. 관계의 일시적인 단절을 경험했고 다시 관계 맺기가 어려운 사람들이 늘어났다.

  작고 쉬운 부분을 다루어 너무 전문적이지 않게 접근해 보고 싶다. 스스로의 마음을 알아주고 조절하면서 남은 삶을 의미 있게 살아가기를 응원하는 마음을 담아 독자에게 전하고 싶다.

주요 독자

- 일상과 육아 속에서 마음이 지친 30, 40대 여성
- 마음의 근육을 키워 일상의 의미와 행복을 찾고 싶은 사람
- 삶의 힘든 순간을 지나고 있는 어른들

기획의 특징 및 차별성

[내용의 차별성]

✔ 마음 관련 넘쳐나는 정보들 중에서 도움이 되는 정보를 찾을 수 있는 정보를 제공한다.

✔ 심리상담을 공부한 저자의 경험과 지식을 바탕으로 자료 수집 등 내용을 구체적으로 담는다.

✔ 일상 속 마음챙김을 하는 방법을 찾아보고 독자가 쉽게 실행해 볼 수 있는 방법들을 제시한다.

✔ 마음을 다독이는 응원의 말들로 구성된 글들을 넣어 마음이 힘들 때 위로를 줄 수 있도록 단어나 말들을 제공한다.

[구성의 차별성]

✔ 마음 관련 방대한 정보를 정리하여 독자가 쉽게 접근할 수 있도록 한다.

Contents

5. 내 삶은 무채색이에요_색깔 없는 세상
6. 생각이 들어요_느낌과 감정이 사라진 마음
7. 눈물의 여왕_저 원래 잘 안우는데 제가 왜 이러죠?
8. 약한 모습 보이면 안 돼요_그러면 사람들이 저를 우습게 볼거에요
9. 이 세상에 난 혼자에요_너의 마음이 너와 함께

4장 마음전용 구급상자 "너의 마음이 너를 응원해"

1. 사랑해
2. 너는 소중해
3. 그냥 그대로 좋아
4. 함께 있을게
5. 잘하면 좋지만
6. 괜찮아
7. 지금부터
8. 칭찬 먹는 아이들

서문 및 샘플 원고: 다음 페이지에 첨부

Introduction

이 책은 내 인생의 처음 책이다. 처음 하는 일은 대개 서투르고 부족해서 두 번째, 세 번째 보다 완성도 면에서는 견줄 수가 없겠지만 오래도록 마음을 설레게 하는 마법 같은 힘이 있다. 이 책을 통해서 글을 읽는 사람에서 쓰는 사람이 되었다.

당신에게는 “이럴 땐 어떻게 하나요?”하고 질문을 던졌을 때, “응, 그건 이렇게 하면 돼.”라고, 명쾌하게 답해주는 누군가가 곁에 있는가? 수많은 선택의 순간에 우리는 인터넷을 검색하고 다른 사람들은 어떻게 하는지를 살펴보고 적당한 답을 찾아 헤맨다. 미라클 모닝이 좋다고 저녁형 인간이 생체리듬을 무시하고 무작정 미라클 모닝을 따라 하면 하루 종일 피곤하고 다크서클이 사라질 날이 없을 것이다. 심지어 지나친 수면 단축은 치매 발병의 위험을 높인다는 일부 전문가의 이야기도 들린다.

누군가에게 좋은 일이 나한테도 좋을 것이라는 착각에서 벗어나자. 몸에 좋다는 약에도 부작용이 있듯이 좋기만 한 일도 나쁘기만 한 일도 없다. 그때그때 유행을 따라가며 좋다는 것만 나에게 주는 동안 맞지 않는 옷을 입은 것처럼 불편하고 ‘왜 나는 안되는지’ 자책하는 동안 나는 평균적인 보통의 인간 중 하나가 된다. 나다움은 어디로 사라지고 있는 걸까?

다른 사람의 눈치를 보지 않고 나다운 선택을 하려면 무엇이 필요할까? 당당하게 자기 자신을 찾고 내 삶을 나답게 살려면 우선 나를 잘 알아야 한다. 그리고 한쪽만 볼 것이 아니라 사방팔방 다 살펴보고 두루두루 따져보고 나에게 최선인 선택을 하는 안목을 갖추는 것이 시급하다. 만약 AI가 사람보다 더 사람처럼 보일 수도 있는 세상이 와도 나는 진짜 사람으로 내 삶을 살고 싶은 소망을 가지고 이 책을 썼다.

마음을 잘 표현하지 못하고 무덤덤한 편이라 이번 생의 주제는 '표현하기'라고 스스로 정해두었는데 삶의 주제를 잘 따라가고 있는 것 같아서 안심이 된다. 다독하는 독자에서 다독을 유발하는 작가가 되는 일은 다른 사람이 설계해 둔 세상에 잠시 다녀가는 방문객이 아니고 주인이 되는 소중한 경험이다.

이 세상에 하나뿐인 자기다운 삶을 살아가고 싶은 분들에게 도움이 되면 더 이상 바랄 것이 없겠다.

샘플 원고 1

받는 사람 마음대로

오랫동안 다니던 회사를 그만두고 나서 아침 시간에 여유가 생겼다.

예전 직장에 다닐 때를 떠올려 보면 아이의 등교를 이모께 부탁드린 날은 몸도 마음도 제법 여유가 있었다. 하지만 아이를 직접 등교시키고 출근해야 하는 날의 아침 풍경은 그야말로 허둥지둥 정신이 하나도 없었다. 예측 불가능한 상황들이 자꾸만 발생하는 통에 계획대로 일이 진행되어야 마음이 편하고 안심되는 나에게는 육아가 항상 난이도 면에서 상이다.

아이는 느긋하기 그지없지만 나는 집 앞에서 엘리베이터를 기다리는 순간에도 '가스밸브는 잠그고 나왔겠지?' '혹시 집안 어딘가에 불을 켜두고 나온 건 아닐까?' '현관문은 제대로 잠갔던가?' 확신이 서질 않는다. 그리고 출근길에 차에서 먹으려고 따로 챙겨둔 아이가 남긴 샌드위치를 식탁 위에 그대로 두고 온 것이 생각나지만 다시 집으로 들어가서 확인을 하거나 가지고 나올 여유시간은 단 1초도 없었다. 게다가 아이가 조금이라도 꾸물대거나 늑장을 부리면 나는 그대로 꼼짝없이 지각인지라 자꾸만 아이를 서두르라고 다그치게 되고 아이는 아이대로 느닷없는 다그침에 그만 울음을 터트리고 만다. 아이가 울면 가뜩이나 바쁜 아침이 아이 달래기 미션까지 더해져서 결국 서두르다가 더 늦어지는 최악의 상황을 맞이하게 된다. 이런 결말을 알면서도 아침마다 실랑이가 반복된다. 이렇게 아이와 실랑이를 벌인 날은 오전 내내 후회라는 감정이 가슴 한편에 묵직하게 똬리를 틀고 앉아서 사라지지 않는다.

'내가 만약 느긋한 아이를 기다려줄 수 있는 마음 그릇이 넉넉한 엄마라면 얼마나 좋을까?'

이렇게 만약을 상상해 보지만 현실의 나는 허둥대고 어설픈 초보 엄마다. 아이에게 사랑만 주는 완벽한 엄마가 되고픈 첫 마음은 너덜너덜해지고 버겁다고 느낄 때쯤 나는 심리학을 만났다. 너무 잘하고 싶은데… 정말 잘하고 싶은데… 어떻게 해야 하는지 몰라서 막막했던 나는 심리학을 만나고 심리상담을 공부하면서 지금까지 아이와 함께 자라고 있다.

"좋은 엄마란 어떤 엄마인가요?"

전문 심리상담사가 되기 위해 공부하면서 자주 들었던 질문이기도 하고 내담자에게 내가 했던 질문이기도 하다. 나는 내가 되고 싶었거나 멋지다고 생각했던 엄마의 모습들을 이야기한다. "아이의 마음을 잘 헤아려 주고 아이가 필요로 할때 언제든 곁에 있어주는 그런 엄마요." "이 세상에 완벽한 엄마는 없다"는 대답과 함께 내가 할 수 있는 만큼 최선을 다하면 그걸로 괜찮다고. 완벽한 엄마란 허상을 쫓지 말고 충분히 좋은 엄마가 되라고 한다. 충분히 좋은 엄마가 되자고 마음을 먹으니 완벽한 엄마가 되는 것보다는 쉬울 것 같긴 한데 '그런데 충분히 좋다는 것은 어떤 상태일까?' 나는 그 답을 내 아이에게서 찾았다. 아이가 원하는 것이 무엇인지 직접 아이에게 물어보고 내가 해주고 싶은 것 말고 아이가 원하는 바로 그것을 해주는 것!

내가 어릴 적 우리 엄마는 나를 사랑했지만 안타깝게도 나는 엄마와 잘 지내지 못했다. 이유는 간단했다. 내가 원하는 방식이 아닌 엄마가 주고 싶은 사랑을 주었기 때문이다.

나는 아이를 키우면서 내가 주고 싶은 것과 아이가 원하는 것이 서로 다른 경우를 만나면 우선 멈추고 내가 주고 싶은 사랑 말고 아이가 원하는 사랑을 최대한 주려고 한다. 우리는 어른인 내가 아이였을 때 받고 싶었던 사랑을 당연히 나의 아이도 원할 것으로 착각하는 경우가 많다. 예를 들면 크리스마스 선물을 사주려고 아이에게 뭐가 갖고 싶은지 물어보고는 아이가 원하는 것을 말했음에도 무심코 내가 사주고 싶은 것을 사주고는 실망하는 아이의 모습을 보고 언짢아하는 경우처럼 말이다. 그럴 때면 나는 심호흡을 한번 하고 마법의 주문을 외운다. "사랑은 주는 것이다. 단, 내가 주고 싶은 것 말고 받는 사람이 원하는 바로 그것을 주는 것이다." 시간이든 함께하는 경험이든 칭찬이든 무엇이든 내 사랑의 대상이 원하는 것을 주어야 한다. 이심전심이면 너무 좋겠지만 나도 내 마음을 다 모르는데 나의 아이라고 어찌 다 알 수 있을까? 오히려 다 안다는 착각을 조심해야 하는지도 모른다. 아이는 나와 다른 존재임을 인정하는 것부터가 사랑의 시작이다. 짝사랑의 비극적 결말을 피하려면 아이와 부모의 관계도 일방통행 소통 말고 서로 교감하고 존중하는 양방향 소통이 필요하다. 조화와 균형은 어디에나 필요하다. 부모 자식의 관계에서도 당연히 필요하다.

너희들을 응원해

눈에 보이지는 않지만, 세상에 존재하는 것들이 있다. 마음도 그렇다.

마음이 아프다. 마음을 다쳤다. 마음이 흔들린다. 마음에 들이다. 마음에서 멀어진다.

마음이 성장한다. 마음을 빼앗기고 마음을 차지한다. 마음을 마치 눈에 보이는 것처럼 표현하는 말들이 이렇게나 많구나!

얼마 전부터 아동청소년 관련 자원봉사를 시작했는데 어제는 지역 정신건강복지센터에서 주관한 초등학교 마음 건강 이벤트에 자원봉사를 다녀왔다. 내가 초등학교에 다녔던 80년대 초에는 이런 행사가 없었기 때문에 어떤 행사일지 궁금하기도 했고 어쩐지 쉬는 동안 자원봉사라도 해서 시간을 의미 있게 보내야겠다는 결심도 한몫했다. 오전 8시 30분까지 행사가 열리는 초등학교 강당에 가야 해서 아침 일찍부터 서둘렀다. 보통은 아이와 남편이 각각 학교와 회사로 집을 나서고 나면 나는 느긋하게 아침을 먹고 9시 조금 넘은 시간에 강아지를 데리고 산책하는데 오늘은 우리 가족 중에서 가장 먼저 집을 나섰다. 오전 7시30분 출근길 지하철 풍경은 새삼스럽고 뭔가 익숙한 기분이 들었다. 환승역에 내려서 일제히 발걸음을 재촉하는 사람들의 물결에 휩쓸려 나도 그들 속에 하나가 되었다. 한 시간 정도 걸려서 도착한 학교는 아이들이 등교하고 있다. 어른인 내가 선생님도 아닌데 학교에 가려니 기분이 이상했다.

강당에는 이미 센터 선생님들이 행사에 필요한 플래카드며 장비를 미리다 세팅해 두셨고 자원봉사자들은 간단히 오리엔테이션을 받았다. 강당에는 마음 건강을 주제로 한 총 10개의 부스가 마련되어 있었는데 '스트레스 날리기'라는 이름의 망치를 들고 두더지를 잡는 부스, 핸드메이드 열쇠고리를 만드는 부스, 나에게 스트레스를 주는 것에 스티커 붙이기, 내 스트레스를 날려버리는 존재 찾기, 로또 추첨에 사용하는 것과 비슷한 모양의 기계에 손을 넣어 고마워, 사랑해 같은 말이 적힌 공을 뽑으면 각각의 단어에 따라서 사전에 준비된 간식을 주는 부스, 마음 건강에 대한 OX 퀴즈 풀기, 응원나무 만들기, 만족도 스티커 붙이기 등 다양한 체험을 할 수 있었다. 나는 '너와 나를 응원해. '라는 주제로 응원 나무를 만드는 부스를 맡게 되었다.

반별로 아이들이 오면 내가 방법을 알려주고 아이들이 응원의 말을 적어서 빵끈으로 나무에 열매처럼 매다는 체험을 진행했다. '무슨 말을 적어야 해요? '맨 처음 아이들이 오면 하는 질문이다. '여러분이 힘들 때 친구나 엄마가 해준 말을 듣고 힘이 났던 적이 있나요? '나는 막막해하는 아이들에게 예를 들어준다. 선생님은 "넌 참 소중해." 이런 말을 들으면 막 힘이 났어요. 하고 말이다. 1초, 2초, 3초 아이들이 스스로 어떤 말을 들었을 때 그랬는지 잠깐이지만 생각할 수 있는 시간을 준다. 그러면 어김없이 잠시 후 다음 질문이 이어진다.

응원의 말이라고 했지만 '뭐라고 적으면 좋아요?'라고 되묻는 아이, 한참을 골똘히 생각하느라 친구들을 다 가버렸지만 혼자 남아서 아직 쓰지 못하고 있는 아이. 맞춤법이 다 틀려서 진도를 잘 따라갈 수 있을까 걱정하게 했던 아이들도 있었다. 완성하기까지 시간의 차이는 있었지만, 아이들은 곧 진지해져서 각자에게 소중한 응원의 말을 썼다. 초록빛 잎새만 가득 매달고 있던 나뭇가지에 알록달록한 응원 열매가 늘어갔다.

체험하면서 중간중간에 어쩌다 바닥에 떨어진 응원의 열매들을 주워서 나무에 단단히 매달아 주었다. 마치 응원이 필요한 아이가 바닥에서 풀이 죽어 있는 것 같아서 가장 잘 보이는 곳을 골라서 매달았는데 다른 곳으로 이동하면서 살짝 다시 나무를 찾아와서 자기가 적은 응원 열매를 보고 가는 아이들도 있고 친구에게 응원하는 말을 적어두고 그 친구를 데려와서 보여주는 아이도 있었다.

그런데 모두 다 체험할 수 있는 그곳에서도 아무것도 적지 못하거나 기껏 써둔 응원 열매를 구겨서 버리고 간 아이들도 있었다. 자기자신도 친구도 응원할 말이 없는 건가? 아이의 세상이 외롭고 쓸쓸할 것 같아서 내가 몰래 몇 개를 적어서 매달아 주기도 했다.

나는 체험이 모두 끝나고 한가해진 부스에서 나무에 적힌 알록달록한 응원 열매를 마음속으로 불러보며 마법의 주문을 걸었다. 이 열매를 대단 아이의 마음에 닿기를 바랐다.

열매에 적힌 응원의 말은 이랬다. '힘내', '화이팅', '사랑해', '넌 소중해', '네가 최고야', '시험 100점', 그리고 '놀자', '축구하자'

'놀자', '축구하자'는 응원 열매를 보니 안쓰러운 감정이 내 마음을 온통 차지했다. 그러고 보니 아이들은 몸을 움직이는 체험 과정에서 특히 활기에 넘치고 왁자지껄했었다. 공부가 제일 스트레스라는 아이들, 놀고 싶은 아이들의 마음이 내 마음에 와닿아서 그런 마음이 들었나 보다. 오래전 아이의 시간을 통과해 이제는 부모가 된 나는 공부를 잘하면 왠지 삶의 고단함이 덜어질 것만 같아서 아이가 공부를 잘하기를 바라게 되었다. 아이 시절에 충분히 뛰어놀지 못하고 지나치게 공부만 강요당한다면 놀지 못한 아이들의 마음은 건강하게 몸과 함께 자랄 수 있을까? 염려되었다. 몸과 마음이 자라는 중요한 시기인데 아이들의 마음이 잘 자랄 수 있도록 돌봐줘야겠다. 우리 아이들의 몸과 마음이 균형 있고 조화롭게 성장하는 학교를 상상해 본다. 선생님들과 아이들이 서로의 존재를 귀하게 여기고 학교에서 즐겁게 놀고 배우며 자라는 그런 학교를 떠올렸다. 아이들이 힘써서 배우고 익히는 것도 좋지만 쉬엄쉬엄 놀면서 마음도 다독일 수 있는 빈틈이 있으면 더 좋겠다. 오늘 만난 아이들의 응원 열매가 아이들 마음에 닿기를 바라며 응원 나무를 한번 쓰다듬어 주고 강당을 나섰다.

집으로 돌아가서 내 아이를 만나면 공부 말고 아이가 좋아하는 놀이에 좀 더 시간을 들일 수 있도록 내가 도와줘야겠다. 그리고 아이에게 내가 해주면 힘이 나는 말이 무엇인지 물어보고 자주 해줘야겠다. 엄마가 해주는 응원의 말이 아이에게 힘이 되기를 바란다. 엄마가 함께하지 못하는 순간이나 홀로 힘든 일을 겪어야 할 때를 만날 것이다. 언젠가 있을 그런 순간을 위해 응원의 말들을 자주 들려줘서 미리미리 저축해 두어야겠다. 사랑받은 기억은 삶의 고비에서 아이가 넘어지지 않게 붙잡아 주고 넘어진 아이가 딛고 일어설 디딤돌이 되어줄 것이라고 믿는다. 마음을 마치 눈에 보이는 것처럼 표현하는 말 중에 듣기 좋은 말을 골라서 가만히 되뇌어보았다. 마음이 넉넉하다. 마음이 여유롭다. 마음이 쑥쑥 자라서 태평양처럼 넓어져라.

나는 글쓰기로 설렌다 출간 기획서

안 재 연

버티지마 도망쳐

도망쳐도 괜찮아

도서 제목 및 부제 (가칭)

- 도망쳐도 괜찮아
- 버티지말고 도망쳐
- 도망치는게 뭐 어때서

저자 소개

학창 시절부터 느린 학습자, 우등생은 아니다. 멀티 플레이어와 거리가 멀다. 17살 두 번의 학교 폭력을 당한다. 그 상처로 몸과 마음이 학교를 거부해 학업을 중단한다. 히키코모리라는 단어가 세상에 널리 알려지기도 전인 2002년 자신의 방에 침잠했다. 후에 세상으로 나오고 나서야 자신이 '은둔형 외톨이었구나.' 알게 되었다. 학업은 중단했지만 꿈이 있어 천천히 일상의 굴레를 돌렸다. 어린 시절 꿈은 "그림 그려 밥 벌어 먹고사는 것." 좋은 대학을 나오진 못했다. 운이 좋았던 건지 방송국에서 방영하던 애니메이션들의 외주 제작을 했었다. 꿈꾸던 일을 하며 남들처럼 평범하게 살았다. 이따금 홍수와 같이 밀려오는 장면들의 해결 방법을 몰랐다. 우연히 듣게 된 마음 코칭 수업에서 마음속 구멍을 발견한다. 명상하고 마음을 들여다보며 조금씩 메워가고 있다. 30대가 되어 새로 꾸는 꿈은 그림책 작가. 서툰 첫 작품을 완성했다. 정식 데뷔를 위해 더 나은 두 번째 작품을 만들고 있다. 가끔 그림책 관련 출강을 나가는 마을 선생님. 살림 실력은 부족한 1n연차 주부. 불협화음 속 우아함을 끌어내려 애쓰는 세 아이 엄마. 곧 마흔, 끊임없이 배우고 여러 가지를 시도해 보며 자신만의 속도로 삶을 살아가고 있다.

주요 독자

- 폭력에 굴복해서 내 삶의 일부를 잃은, 잃어본 사람

• 폭력에 희생된 이를 가슴에 품고 사는 2차 피해자들
• 지금도 폭력에 학대당하고 있을 사람

기획의 특징 및 차별성

• 평범한 삶에 복귀한 학교 폭력 피해자의 이야기

"평범한 삶", 학폭 피해자로 10대를 마감하며 누구보다 갖고 싶던 그 타이틀이었다.

"살아있기만 하면" 언제고 다시 평범한 일상을 찾을 수 있다.

성공한 개인이나 대단한 전문가로 성장하지 않아도 된다.

평범하기만 해도 아주 행복하다.

그 "평범하기"가 힘들었던 학교폭력에서 생존 해낸 사람의 이야기.

가해자의 서사보다는 피해자의 이야기에 귀 기울이며 달라.

• 생존을 위해 부캐 만들기 (매력적인 페르소나)

우리는 이미 각자의 페르소나가 존재한다.

부모 앞, 친구 앞, 선생님 앞에서의 모든 모습이 일치하는 사람이 어딨는가? 내가 느끼기에 매력적인 사람의 모습으로 새로운 페르소나를 만들어보자. 나의 어두움을 전혀 모르는 사람들 앞에서 새 페르소나로 환영받을 때 짓밟혀 너덜너덜해진 영혼이 치유되기도 한다.

• 학교? 회사? 그거 안 다녀도 돼. 네가 소중해.

학교 폭력, 사내 폭력. 학대에 희생되지 않게. 지금도 물리적 폭력이나 사이버 폭력에 학대당하고 있는 사람들을 위해. 버티지 마. 학대는 견딜 필요 없어. 네 영혼을 말살하려는 사람들로부터 도망쳐. 살아남아.

Contents

3장. 여름, 내가 살아있어 생은 그 의미가 있다.

1. 도망쳐서 도착한 곳에 낙원이란 있을 수 없는 거야.
2. 마음 코칭
3. 명상과 108배
4. 웃어줘 안아줘
5. 몰입과 덕질
6. 나아가기

4장. 가을, 가장 지키고 싶던 것은.

1. 피해자의 서사는 돈이 안 되나요?
2. 모든 문제 해결이 대화라는 무지.
3. 비극적 선택이 아니라 희생당한 거라고요.
4. 무너진 존엄
5. 학대에 맞서지 말 것.

끝맺으며

"계절과 계절 사이"

– 언젠가 버스에서 마주친 너에게.

서문 및 샘플 원고: 다음 페이지에 첨부

Introduction

"누구나 인생이 봄부터 시작하진 않더라."

사람마다 태어나는 계절이 다르듯, 누군가는 19살까지의 계절이 늘 봄은 아니더라. 매서운 추위가 몰아치는 겨울만 보내며 성인이 된 너는 얼마나 긴 시간 동안 혼자 아팠을까? 얼마나 많이 아팠을까? 이 책을 펼친 당신을 온 마음으로 환영한다.

"안녕! 널 진심으로 환영해.
넌 지금 모습 그대로 정말 사랑스러워.
다른 사람처럼 되려고 하지 않아도 돼.
난 너의 특이하고 유별나고 엉뚱한 면을 다 받아줄 거야.
독특하게 행동해도 괜찮아.
난 너를 있는 그대로 격하게 환영해.
여기 너를 위한 자리가 있어."

〈내가 틀릴 수도 있습니다〉 – 비욘 나티코 린데블라드

화장실 벽면에 이 글을 프린트해서 붙여놨다. 아주 큰 글씨로. 하루에도 여러 차례 가는 화장실이다. 몇 번이고 나를 환영한다는 문구를 만나면 얼마나 반가운지 모른다. 가끔은 스스로 안아주기도 한다. 드라마 "이상한 변호사 우영우"에서 나온 방법과 비슷하다. 자폐 스펙트럼 장애가 있는

우영우의 감각이 과부하 상태일 때 몸에 압력을 가하면 불안한 해소에 도움이 된다는 에피소드가 있었다. 다만 우리에게는 적기에 우리를 눌러 줄 타인이 없다. 또 무게감 있는 담요를 소지하지 않고 있을 확률이 높다. 스스로 안아주는 것은 성인의 불안함과 스트레스가 유발될 수 있는 상황에서도 제법 도움이 된다. 그래서 나 스스로 꽉 안아준다.

열일곱 살에 학교폭력을 당했다. 한번은 가벼운 수준의 단발성 집단폭행이었다. 그리고 여름방학이 시작하기 전, 두 번째 학교 폭력을 당했다. 두 번의 가해자들은 각각 전혀 다른 무리의 아이들이었다. 두 번째 학교폭력은 어제까지 나와 급식을 먹던 같은 반 친구로부터 시작되었다. 내 영혼은 그때 한번 죽었던 거 같다.

확실히 해두고 싶은 것이 있다. 나에게 가해졌던 폭행의 시작을 파헤치거나 지금 와서야 단죄(라는 말도 민망하네!)하고자 하는 의도는 하나도 없다. 이미 20여 년이 지났다. 공소시효가 적용되는 일도 아니지만, 공소시효까지 끝난 일이다. 굳이 사건화 만들고 싶은 생각은 없다. 무엇보다 나를 괴롭게 했던 사람들을 20년이 지난 지금 다시 만나고 싶지 않다. 또 지금 와서 사과받는다 한들 17살의 내 영혼을 잃어버린 나의 학창 시절을. 죽은 내 10대 후반을 다시 되돌려 받지 못한다. 나에겐 의미가 없다. 외려 이 책이 세상에 나옴으로써, 나를 아프게 했던, 지금은 30대 후반이나 갓 40대가 되었을 너희의 평범한 일상이 흔들릴까 봐 걱정마저 된다.

"지금 와서?"가 아니라 지금에서야 이야기를 꺼낼 용기를 냈다. 학교폭력은 개인의 영혼을 말살하는 행위이며, 20여 년이 지난 지금도 여전히 타임머신을 타듯 그 시간으로 돌아가 내 영혼이 또 찢기고 얻어맞고 있음을 알리고 싶었다.

학교폭력 피해자의 목소리는 왜 세상에 울려 퍼지지 못하는가? 그들은 여전히 자신이 학대당하던 시간으로 언제고 또 돌아가 상처받고 있기 때문이다. 자신을 달래는 데에 급급하다. 살아남기 위해 최선의 시간을 보내고 있기에 세상에 얘기하지 못한다.

학교 폭력 피해자였던 타이틀은 무겁다. 세상이라는 먹이사슬 최하단에 위치하여 또 다른 학대의 희생양이 되는 건 아닐까 두렵다. 살기 위해 전혀 다른 페르소나를 창조해 내 살아가기도 한다. 피해자라는 프레임 탓에 '또 다른 불이익을 얻을까?', '학업 중단이라는 족쇄 탓에 안정적인 일자리나 좋은 인프라 속에서 살아가지 못할까?' 봐 걱정스럽다. 아무 일 없던 사람, 평범한 사람. 이라는 가면을 쓰고 살아가기에 그들은 점점 자취를 감춘다. 마음속에는 여전히 깊고 깊은 응어리가 있다.

기껏 서적이나 관련 인터뷰가 나오지만 학교 폭력 생존자는 전면에 나서지 못한다. 언제나 전문가나 변호사 혹은 교수라는 멋진 사람들이 쓴 분석의 글들이다. 이 책을 쓰면서도 많이 망설인다. "쓰고 싶지 않다"기보다는 난 여전히 "두렵다."

누구나 각기 인생의 타임 머'씬(Scean)'이 있을 거다. 언제고 버튼 하나만 돌아가면 생생히 돌아갈 수 있는 장면들 말이다. 별것도 아닌 장면인데 자꾸 그때로 돌아가지는 장면도 있다. 어릴 적 살던 집의 마룻바닥. 여름에 엎드려 누워있으면 허벅지에 쩍쩍 달라붙던 그 느낌. 팽팽 돌아가던 구형 선풍기. 파란색 네모진 모기향이 나오기 전에 뱅글뱅글 원을 그리며 타들어 가던 초록 모기향. 그 초록이 사그라들며 회색으로 바뀌어 떨어지던 그 재를 누를 때 느껴지던 손끝의 감촉.

정말 아름답고 행복했던 순간도 있다. 연립 주택에 온 가족이 함께 살던 어린 시절. 옥상 평상에서 고기를 구워 먹던 유난히 덥던 94년 여름. 엄마의 기분이 좋았다. 엄마의 동생들이 모두 놀러 와서였을까. 아빠와 엄마가 같이 웃던 날. 또 어떨 때는 다시 돌이켜봐도 얼굴이 빨개지고 창피해지는 장면으로 버튼 하나면 돌아가진다.

학교 폭력 생존자에게도 다른 이들과 같은 여러 장면들이 있다. 반면 남들에게 감추고 싶은 장면도 있다. 수십 년이 지나도 내 인간다움이 박살 난 때로 돌아간다. 짐승처럼 끌려다니고 가혹하게 얻어맞았던 장면으로..

지금은 많이 나아졌다. 타임머신 속으로 빨려 들어가도 잠시 눈시울이 붉어지고 심장이 쿵쾅거려도 이내 그곳은 현실이 아님을 안다. 진정하고 뜨거워진 목구멍으로 마른침을 삼킬 수 있다. 눈을 크게 뜬다. 하늘을 보며 깊은 들숨과 날숨으로 나를 "지금"으로 데리고 온다. 여전히 "두려운 이유"다. 이 글을 쓰는 내내 2002년으로 수백 번은 다녀와야겠지. 하지만 그때의 나를 위해. 지금 어디선가 괴로운 장면을 생산해 내고 있는 너를 위해. 써야만 한다. 써내고 싶다. 이 책을 읽기 전 긴긴 시간 괴로워했을 너를 뜨겁게 환영하고 싶다.

같은 병으로 아파본 사람만이 이해 할 수 있다. 같은 아픔을 가진 사람만이 위로 할 수 있다. 나는 너다. 네가 지금 겪고 있는 고통은 긴긴 시간 꼬깃꼬깃 구겨놓은 내 아픔이다. 너에게 위로가 될 수 있게 내 아픔을 펼쳐 본다.

샘플 원고 1

학교 명예 실추

첫 번째 폭행은 고2, 4월경 일어났다. 학교에서 (어느 학교나 그러하듯) 유명한 몇몇 무리가 있었다. 그중에 한 무리의 아이에게 내가 눈 밖에 났었나 보다. 어느 날 방과 후에 보자고 하더니 영문도 모른 채 얻어맞기 시작했다. 내 머리를 한 움큼 움켜쥔 그 손의 손목을 붙잡고 왜 이러냐고 물었다. 쌍욕을 쏟아부으며 때렸다. 남을 때려본 적이라고는 없던 인생이다. 운동신경도 나쁜 나에게 융단폭격처럼 쏟아지는 공격을 당해낼 재간이 없었다. 손목 몇 번 쥐고 때리지 말라고 그만하라고 악악거리며 피했다. 좁은 교실 뒤에서 이리저리 주먹과 발길질을 피하다가 팔 몇 번 뿌리치며 긴긴 시간이 지났다.

자리를 옮겨야겠다고 말했다. 나에게 학교 밖으로 따라오라고 했다. 겁에 잔뜩 질린 채 그 아이들 뒤를 따라나섰다. 학교 정문을 지나서 천천히 따라나서는데 점점 으슥한 곳으로 나를 데리고 갔다. '아, 이거 따라가면 진짜 죽도록 맞겠구나. 지금까지 맞은 건 그냥 예고편 정도였구나.'라는 생각이 본능적으로 들었다.

'살려면 도망쳐야겠구나. 어쭙잖게 도망치면 잡힐 텐데….'라는 생각이 들었다. 건너편 길가에 파출소가 보였다. 슬그머니 그 아이들 눈치를 살피다가 차들 사이로 내가 낼 수 있는 최고의 속도로 파출소를 향해 뛰어 들었다.

"아저씨 저 지금 폭행당하고 있어요!!"

생과 사의 갈림길에서 간신히 생으로 돌아온 것 같았다. 나의 다급함과는 달리 경찰 아저씨들은 아주 느긋했다.

"어느 학교 몇 학년 몇 반이야?"

"교복 보니까 ㅇㅇ고 구나?"

바보 같은 건지, 걔들이 무슨 생각으로 그랬는지 모르겠다. 나를 잡으러 파출소에 뒤따라왔다가 때린 아이들도 같이 파출소에 묶였다. 경찰 아저씨는 파출소 안의 전화기를 손에 쥐더니 학교로 전화를 건다. 얼마 지나지 않아 학교에서 학생주임 선생님이 오셨고 나와 그 아이들을 같이 학교로 데려가셨다.

마녀라고 불리던 선생님 앞에 나와 나를 때린 아이들이 나란히 섰다. 나는 피해자인데, 내가 왜 이 아이들과 같이 서 있어야 하는지 그때의 나는 잠시 갸웃거렸다. 하지만 이내 알게 되었다. 30센티미터 자로 그 아이들 뺨을 한 대 한 대씩 쳤다. 마녀는 나를 쳐다보았다.

'나는 피해자니까 당연히 안 맞겠지.' 생각했다. 예외는 없었다. 내 뺨도 자로 얻어맞았다. 파출소로 뛰어들어서 학교의 명예를 실추시켰단 이유였다. 나를 때린 아이들이 억울하다며 큰소리 내기 시작했다. "얘도 나를 때렸어요. 선생님!! 제 팔에 이 손톱자국 보이시죠? 얘가 저 때려서 낸 거예요."

두 아이의 말도 안 되는 소리가 윙윙– 귓가에 울려 퍼졌다. 대략 40분 가량을 얻어맞았다. 그들 뒤로는 같은 무리의 아이들 10여 명이 교실에서 깔깔거리며 폭행 장면을 보고 있었다. "더 세게 때려야지.", "야 그것밖에 못 때리냐?" 빈정거리는 애들도 있었다. 나를 때리는 것은 그저 유희거리인 듯 보였다. 고데기로 머리를 펴며 언제 끝나냐고 자기 노래방 가고 싶다고 수다를 떠는 애들도 있었다. 말리는 아이는 한 명도 없었다.

폭행당하다가 살기 위해 파출소로 뛰어들었다. 경찰 아저씨는 나를 보호하지 않았다. 경위도 제대로 조사하지 않았다. "몇 학년 몇 반이야?" 하더니 그냥 학교로 되돌려 보내셨다. 학교에서는 가해자와 피해자가 누군지 구분 짓는 건 전혀 중요하지 않아 보였다. 중요한 것은 내가 파출소로 뛰어듦으로 해서 생긴 '금이 간 학교 명예'

이름만 들으면 알만한 명문고에라도 다녔다면 덜 억울했을까? 명문고는 커녕 동네에서 외려 애물단지에 가까웠을 그 학교가 명예가 있었나? 학교에서도 파출소에서도 선생님도 경찰 아저씨도 누구도 나를 보호해 주지 않았다. 아무도 내 말을 들어 봐 주질 않았다. 그 아이들의 말과 손톱자국 약간으로 쌍방폭행이 되어버렸다.

일을 하다가 학교 전화를 받고 엄마가 놀라서 뛰어오셨다. 군데군데 핏자국, 멍 자국. 머리는 산발이고 입술은 다 터져있었다. 스타킹은 너덜너덜해진 딸을 보고 얼마나 억장이 무너졌을까.

40분 동안 처맞은 온몸보다 오히려 선생님이 한 대 때린 뺨이 더 아팠다.

'어른은 그 누구도 믿을 수 없구나. 공권력은 쓰레기구나. 학교 선생님들은 자기 안위가 더 중요하구나. 이게 쌍방 폭행이 될 줄 알았더라면 더 적극적으로 몸부림칠걸. 의자라도 던져볼걸. 나도 네 머리라도 움켜쥐어 볼걸.'

학교에서 나와서 엄마는 스타킹을 새로 사서 신겨주셨다. 머리도 손가락으로나마 빗질해 주셨다. 아무 말 없이 우리는 집으로 돌아왔다. 쌍방 폭행 및 학교 명예를 실추시킨 혐의로 3일간 학교 봉사 조처가 내려졌다. 반성문 쓰기도, 학교 청소도 나를 때린 그 아이들과 함께해야 했다.

봉사활동

학교 봉사 명령 기간 3일 동안의 일이다. 첫째 날 1교시에 반성문을 썼다. 나와 나를 폭행한 2명의 아이, 셋이 모였다. 뭘 잘 못 했던 건지 마음으로는 납득 가지 않았다. 한 장의 반성문을 선생님 마음에 들게 써야 끝난다. 써내야 어서 끝난다.

반성 : 자신의 언행에 대하여 잘못이나 부족함이 없는지 돌이켜 봄.

서너 줄 서서 냈다. 다시 더 써오라고 하신다. 내용을 더 부풀려 잘못을 읍소한다. 두세 번 더 이 과정을 거쳐서 선생님 마음에 들게 완성했다. 끝나고 나니 걸레 하나를 쥐여주신다. 이제부터 학교의 창틀, 계단의 손잡이 등을 걸레로 닦고 다니라 하셨다. 공부에 흥미도 없고 재미도 없었으니, 수업에 참여 못 하는 것까지도 수용할 수 있었다. 스스로 반성할 수 있는 도구로 “청소와 반성문”이 적절한가? 이 행위로 배움을 얻고 나아질 수 있을까?

쉬는 시간에는 쉴 수 있었다. 매점에서 내 친구들을 만나 간식도 사 먹었다. 마지막 날 즈음에 주도적으로 나를 때렸던 아이와 청소하다 말고 2층의 복도 끝 계단에서 마주쳤다. 넌 도대체 나를 왜 때렸냐? 라고 묻고 싶었다. 사실 또 주먹이 날라 올까, 내 뺨을 내리칠까 무섭기도 했다. 상종하고 싶지 않은 마음도 컸다. 얼굴도 보기 싫고 같은 공간에서 숨 쉬는 것도 짜증 났다.

그 애가 먼저 말을 걸었다.

"야, 이거 X나 힘들지 않냐?"

그러더니 계단에 풀썩 주저앉는다. 이렇게 농땡이 부려도 모를 것이라고 한다. 상대의 박력 탓이었을까, 나도 하기 싫었던 탓이었을까. 혹은 화나서 도끼눈하고 나를 쳐다보던 그 아이가 한풀 꺾인 눈으로 나를 쳐다봐서였을까. 이유는 모르겠지만 나도 비좁은 계단을 비집고 그 아이 옆에 앉았다. 둘 다 잠시 멍하게 앉아 있었다. 얼마 지나지 않아 그 아이가 먼저 침묵을 깨고 내게 말을 걸었다.

"너 혹시 '○○○ 오빠' 알아?"

"누구?"

"○○○ 오빠! 너 △△초 나온 거 아냐?"

얘는 뭔데 내가 나온 초등학교까지 알고 있는 거야? 라고 생각하던 찰나에 ○○○ 오빠가 생각이 났다.

"아, 우리보다 1살 많은?… 그.. 혹시 키 좀 크고 마르고? 피부 좀 까맣고?"

"어~ 맞아. 그 오빠. 아는 사이야? 친해?"

낯설고, 이해되지 않았다. 내가 초등 5학년일 때에 같은 학교 다녔던. 한 학년 위던 남자아이의 이름이 왜 여기서 나오는 거지?

"아니. 그 오빠가 졸업하고는 못 본 거 같은데?"

당시에는 이게 진짜라고 생각하고 말했다. 중학교 다닐 즈음, 같은 반 아이를 따라간 교회에서 우연히 만났었다. 인사 한두 번 더 했던 기억이 난다. 그렇다 해도 상대와 연락을 주고받는 사이는 아니라는 점. 보지 않은 지 굉장히 오래되었다는 점에서 거짓은 없었다.

"아~ 그래? 아니~ 내가 이 학교 다닌다니까 ○○ 오빠가 너 아냐고 그러더라고"

약간 수줍어 보였다. 그 오빠와 연락을 주고받는 사이는 아니라는 것에 나를 때렸던 그 아이는 무장해제 된 듯 편안해 보이는 모습이었다. 금방이라도 찢어 죽일 것처럼 덤벼들던 아이는 온데간데 없었다. 주절주절 묻지도 않은 자기 얘기를 늘어놓기 시작했다.

"○○ 오빠가 너 잘 지내냐고, 초등학교 다닐 때 조그마해서 엄청 귀여웠다고 막 그러는데 뭐 어떤 애인가 궁금하기도 했고. 둘이 얼마나 친한가 싶어서 …"

고작 17살이었으니까 내가 뭘 얼마나 아는 나이였겠냐 만은 '이거구나' 하고 느낄 수 있었다. '그래서 내가 마음에 안 들었구나. 사람은 참 별것도 아닌 일로 상대를 짓밟을 수 있는 거구나.' 싶었다. 동시에 '나에게 참 별것도 아닌 일이 상대방에게는 남을 짓밟아야 할 만큼 큰일이 될 수도 있는 거구나.' 복잡한 감정을 느꼈다.

그 아이와의 짧은 대화가 내게는 다행이었다. 내 잘못으로 촉발된 폭력은 아니었음을 알 수 있었기 때문이다. 반면에 또 언제고 큰 잘못을 저지르지 않아도 폭력과 학대에 노출될 수 있단 걸 알 수 있기도 했다.

그 아이는 한참을 주절거리다가 쉬는 시간 종이 울리자 벌떡 일어났다.

"야, 하여튼 미안하게 됐다"

걸레를 휙 낚아채듯 쥐고 사라졌다. 그 아이와는 학교를 관두게 될 때까지 접점이 없었다. 나를 때린 아이는 내가 속한 무리의 구성원이 아니었다. 그 아이와 나는 노는 세계가 완전히 달랐다. 엄밀히 따지면 같은 학교에 다닐 뿐이지 친구도 아니었다.

상대는 오해로 인해 나를 때렸음을 시인했다. 성의가 크게 느껴지진 않았지만 약간 머쓱해하며 사과도 했다. 나는 돌아갈 또래 그룹이 있었다. 3일의 봉사 활동 기간이 끝났다. 다시 학교생활을 시작할 수 있었다.

나는 글쓰기로 설렌다 출간 기획서

양 설

당신이 진정 원하는 것을

나를 만나는 여정

도서 제목 및 부제 (가칭)

당신이 진정으로 원하는 것을 : 나를 만나는 여정

저자 소개

- 양설
- 평소에 책을 좋아하고 글을 쓰는 사람

예상 독자층

1. 자기 성장을 원하는 사람들: 자기 발견과 성장에 관심이 있는 사람들은 나를 만나는 과정을 흥미롭게 읽을 수 있습니다. 이들은 자신과의 관계를 개선하고 더 나은 사람이 되기 위해 탐구하는 동기를 가지고 있습니다.
2. 자기 수용과 자기 사랑을 필요로 하는 사람들: 자신을 받아들이고 사랑하는 것에 어려움을 겪는 사람들은 나를 만나는 과정에서 도움을 받을 수 있습니다. 이들은 자기 수용과 자기 사랑에 대한 통찰력을 얻고자 합니다.
3. 삶의 목적을 찾고자 하는 사람들: 자신의 가치와 의미를 탐색하고자 하는 사람들은 나를 만나는 과정에서 영감을 받을 수 있습니다. 이들은 자신의 삶에 대한 목표와 방향성을 찾고자 합니다.
4. 인간관계와 연결에 관심이 있는 사람들: 자기를 이해하고 받아들이는 것이 다른 사람들과의 관계를 더욱 깊게 만들어준다는 것을 이해하고 있는 사람들은 나를 만나는 과정에서 흥미를 느낄 수 있습니다. 이들은 자기와 다른 사람들과의 상호작용을 개선하고자 합니다.

이러한 주요 독자층들은 중장년층입니다. 나를 만나는 과정에서 자신에게 맞는 가치있는 인사이트와 영감을 찾을 수 있습니다. 그러나 이 외에도 누구나 자신을 탐구하고 성장하고자 하는 욕구를 가지고 있으므로, 이 주제는 많은 사람들에게 도움이 될 수 있습니다.

컨셉

- 나를 만나는 인생질문
- 나를 만나는 과정을 통해서 배우는 특별한 삶의 지혜
- 책으로 만나는 인생잠언

Contents

4. 세상에 조금 더 나은 방향으로

한걸음 뒤로 서서 바라보기

비 온 뒤 땅이 더 단단해지듯이

행복은 당신에게 달려있다

5. 우리 자신을 가지고

꽃을 피울 수 있다면

불완전한 것은 아무것도 없는 꽃을

불완전한 것조차 감추지 않는 꽃을

6. 당신이 진정으로 원하는 것을

기록하는 일

고유성을 간직한 채

나다운 삶을 살아가려면

바로 지금입니다

서문 및 샘플 원고: 다음 페이지에 첨부

Introduction

인생은 우리에게 다양한 사람들을 만나는 기회를 주고, 서로의 삶에 큰 영향을 미칠 수 있는 소중한 순간들을 선사합니다. 그중에서도 나를 만나는 과정은 특별하고 놀라운 여정입니다. 이 과정에서 나는 자신을 더 잘 알게 되고, 내 안에 잠재된 장점과 가능성을 발견하게 됩니다. 나를 만나는 과정은 자기 발견과 성장의 시작입니다.

우리는 자신과 마주하고, 내면의 소리에 귀를 기울여야 합니다. 자신을 이해하고 받아들이는 것은 쉽지 않을 수 있지만, 이는 나 자신과의 소중한 대화입니다. 나를 만나는 과정에서 우리는 자신의 성격, 가치, 꿈, 그리고 과거의 경험을 탐색합니다. 이러한 탐구는 우리가 어떤 사람인지를 이해하는 중요한 단계이며, 우리가 어떤 방향으로 나아가고 싶은지를 결정하는 데 도움을 줍니다.

나를 만나는 과정은 동시에 자기 수용과 성장의 과정이기도 합니다. 우리는 자신의 장단점, 부족한 점들을 인정하고 받아들여야 합니다. 이는 완벽하지 않은 우리 자신을 사랑하고 수용하는 것을 의미합니다. 우리는 어떤 상황에서도 성장할 수 있는 능력을 갖추고 있으며, 나 자신을 더 나은 방향으로 끌어 나갈 힘을 지니고 있습니다.

나를 만나는 과정은 또한 다른 사람들과의 관계를 형성하는 데 중요한 역할을 합니다. 우리가 자신을 알고 받아들이는 것은 다른 사람들과의 연결을 더욱 깊게 만들어 줍니다. 우리는 자신을 사랑하고 존중하는 자세를 갖추어야만 다른 사람들도 우리를 사랑하고 받아들일 수 있습니다.

나를 만나는 과정은 우리가 더 나은 사람이 되기 위한 시작점이며, 우리 주변의 세계를 더욱 풍요롭게 만들어 줄 수 있는 기반입니다.

수년간 독서 모임을 진행하면서 공감하고 위로받은 한 권의 책, 인생의 문장을 담았습니다. 책은 시공간을 넘어 소통의 통로입니다. 인생을 살면서 희로애락을 함께 할 수 있는 누군가가 곁에 있을 때, 우리는 삶의 큰 위로를 받습니다. 언제든지 편하게 쉴 수 있는 마음의 정원이 되면 좋겠습니다. 누구보다 당신의 인생을 주인으로 살아가기를.

샘플 원고1

당신은 빛 속의 어른이 될 거야

난 당신이 잘할 거라 믿는다.
난 당신이 더욱 좋아질 거라 믿는다.
난 당신이 행복해질 거라 믿는다.
난 당신이 사랑받을 사람이라는 걸 믿는다.
난 당신이 용기 있는 사람이라는 걸 믿는다.
난 당신이 위로받을 자격이 있다고 믿는다.
아무 이유 없이 믿어주고 싶었다. 당신을.
그리고 나의 진심이 전달되기를 진심으로 바란다.

– 전승환, 〈나에게 고맙다〉 본문 중에서 –

〈나에게 고맙다〉 책의 구절이다. 누구나 생각하는 가치는 다르지만 인간이 살아가면서 서로를 일으켜 주는 가치를 믿고 우리가 믿는다는 것이 얼마나 중요한가를 생각해 본다. 누구나 힘든 시기가 있다. 어려운 시기에 온전히 내 편인 누군가가 있을 때 삶의 위로가 된다. 잠시 곁을 내어줄 때 누군가는 새로운 마음으로 자기의 삶을 주도적으로 살아가지 않을까.

은정은 학교와 집, 도서관을 다니며 다람쥐 쳇바퀴 돌듯이 공부하는 고등학생이다. 아나운서 직업 체험으로 자신의 꿈에 한 발짝 다가간다.

추억을 거슬러 올라가 보니 초·중학예제 (축제)에서 발성이 좋은 낭랑한 목소리로 사회를 진행하고 마이크를 좋아했다. 리더십과 포용력이 있고 꿈이 많았다. 어느 새 훌쩍 커버린 그는 눈에 쏙 넣어도 안 아플 만큼 착하고 사랑스러운 아이이다. 그는 중학교 시절 학생 회장을 했다. 학생 대상 퍼실리테이션 교육을 통해 전 학년 대상으로 대의원회를 진행했다. 학생 임원은 토론에서 퍼실리테이터로 활동했다. 전반적인 학교 교육활동이나 학생 안전과 학교 주변 시설, 통학 등 안건의 개선점 및 우리 지역 현안을 의견 수렴했다. 회의를 진행하고 중요한 안건에 의견 수렴 후 결과를 반영했다. 그는 학생회 리더로 ○○시 교육청 학생 참여위원회 1기, 2기로 4년간 활동했다. 참여위원회 위원들과 정기회와 임시회를 함께 참여하여 안건을 회의했다. 중요한 토론 주제로 소통하고 협력한 결과 다음 해 반영되는 주민 참여예산, 진로, 진학 정책 제안으로 채택됐다. 청소년 100인 토론회에 참여하여 결과 발표와 공유하는 시간을 가졌다. 따스한 봄날에 풋풋한 고1 시절 학우들과 학교에 모였다. 그는 '미래의 나' 다가올 30대의 모습을 그려보고 미래의 자신에게 편지를 썼다. '미래의 나에게 쓴 편지'를 타임캡슐에 담고 간절한 염원을 담아 그 곳에 묻었다. 다가올 미래를 상상하니 설레고 의미심장한 순간이었다. 인생의 여름인 30대의 어느 날을 기약하며 발걸음을 돌렸다.

AI 시대와 인공지능 미래 사회에서 누구나 한 번은 삶을 고민한다. 미래의 삶에 관심을 가지고 경쟁에 뒤처지지 않기 위해 살아남아야 하는 대한민국 현실이다. 누구나 한번은 진로를 고민한다. 사람의 얼굴이 다 다르듯 학생의 색깔에 따라 희망하는 진로가 다양할 텐데. 시대는 변했지만 고등학생의 시절은 왜 이리 변함이 없을까? 현장에서 학생의 고유성과 인간다움을 보지 못하고 고기도 아닌데 학생을 등급으로 평가한다. 초·중·고 12년 동안 진로를 결정 못하고 꿈이 없는 학생이 있는 반면에 자기의 꿈이 명확

해서 꿈이 자신을 이끄는 학생도 있다. 수험생은 수년간 아침부터 자율학습, 독서실을 오가며 정신없이 공부한다. 희망하는 대학과 성적이라는 현실의 장벽에 부딪힌다. 대학을 가기위해 수시, 정시에 전념하는 현실이다. 해마다 대학 입시전형이 달라 학생과 학부모는 대학 입시설명회를 쫓아다녀야 한다. 저출산 시대에 '미래교육의 방향은 무엇인가?' 질문하고 사유했다. 대학입시에서 수도권의 쏠림 현상이 심각하다. 현실은 생각대로 녹록지 않다. 뜨거운 여름 모두 여행가거나 피서를 갈 때 수험생이 가만히 앉아서 공부하는 게 말처럼 쉽지 않다. 그는 자기를 믿고 이 시기를 잘 이겨내리라 믿는다. 잘 해야 한다는 부담감에 지칠 때 '지금'을 충실히 살라고 격려했다. 그는 마음을 다잡으며 자신의 꿈을 향해 달려갔다. '난 당신이 잘할 거라 믿는다.'

누구나 힘든 시기가 있다. 인생을 살면서 입시나 취직, 결혼, 직장 등 통상적인 키워드는 지나가는 하나의 관문이다. 어려움이 꼭 나쁜 건만은 아니다. 역경의 시기에 자신을 믿고 현실을 있는 그대로 받아들이며 이 과정 중에 반드시 깨달음이 있다. 힘든 시기에 온전히 내 편이 있을 때 삶의 위로가 된다. 누군가 곁을 내어줄 때 삶을 살아가는 버팀목이 되지 않을까. 비 온 뒤 땅은 더욱더 단단해질 테니. 인생을 살아가는 동안에 좋은 일만 있으면 좋지만 '어떤 일도 일어나는 게 삶이다.' 힘든 시기를 잘 이겨내고 뚜벅뚜벅 자신의 길을 걸어가며 선한 영향으로 세상을 이롭게 하는 사람이 되기를. 난 당신이 여전히 애틋하고 잘되기를 바라요.

나다운 삶을 살아가려면

'나는 무의식중에 남들이 내게 바라는 것을 쓰려고 했어?'

인정받고 싶은 마음, 좋은 결과를 바라는 마음, 그리고 한물간 사람이 되고 싶지 않은 마음, 자신이 중요하다고 여기는 것들을 주변에서 의미 없는 것으로 치부해 버릴까 봐 지레 두려워하는 마음 때문이리라. 다 소용없었다. 한 번이라도 원치 않은 방향으로 시나리오를 썼다가는 그만큼 향후 '나의 것'을 쓸 수 있는 수명이 줄어들 테니까.

–임경선, 〈호텔 이야기〉 본문 중에서–

누리는 자신이 쓴 시나리오를 다시 보면서 내내 느꼈던 불편한 감정의 실체를 더듬는다. 그는 한물간 사람이 되고 싶지 않은 마음, 자신이 중요하다고 여기는 것들을 주변에서 의미 없는 것으로 치부해 버릴까 봐 지레 두려워한다. 시대의 흐름에 따라 인기와 독자가 좋아하는 글의 콘텐츠에 초점을 맞출 것인지 자신이 원하는 방향성을 가지고 글을 써야 하는지 고민한다. 타인에게 인정받고 좋은 결과가 있기를 바란다. 빛의 속도로 급변하는 시대에 나다운 삶은 무엇인가.

누구나 인간관계에서 벗어날 수 없다. 누군가는 남에게 보이는 나와 내면의 자아 사이에 불편한 진실이 있다. 밖으로 보여 지는 사회적 가면인 나, 즉 페르소나와 실제의 나, 둘 중 어느 것이 진짜 나일까? 모두에게 좋은 사람이 될 필요는 없다. 모든 관계는 적절한 거리가 필요하다. 가족이나 연인, 친구처럼 가까운 관계일수록 약간의 거리를 두고 바라봐야 한다. 중요한 점은 자기중심을 가지고 타인에게 휘둘리지 않는 건강한 관계를 유지해야 한다.

'나다운 삶'은 무엇인가?

인생을 사는 동안 누군가는 질문하고 사유한다. '나다운 삶'은 각자의 개성과 가치를 존중하고 자신만의 방식으로 삶을 즐기는 것이다. 최근에 일주일에 글 한 편씩 자율적인 글쓰기를 진행했다. 누군가는 퇴고하고 낭독하며 함께 성장하기를 원했다. 흘러나오는 가사의 첫 소절만 들어도 무의식적으로 바로 가수가 누구인지 알 수 있는 것처럼 무작정 써 내려간 날 것의 초고와 퇴고를 거쳐 회차를 거듭할수록 특별한 자신만의 문체가 완성된다. 누군가는 과정 중에 다양한 경험이 자양분이 되어 '성장'하는 게 아닐까. 서로 다른 삶을 살면서 '나'를 찾고 성장하며 행복을 추구한다.

'나다운 삶'을 살아가기 위해 어떻게 할 것인가?

첫째, 자기 수용과 자신을 사랑하는 마음을 갖는다. 누구나 한 번은 실수하고 완벽하지 않다. 그런 모습을 받아들이고 용인하는 것은 중요하다. 자신을 사랑하고 받아들이는 것은 자아를 향상하고 성장하는 첫걸음이다.

둘째, 진정한 관심과 열정을 가지고 삶을 살아간다. 자신이 좋아하는 일에 마음을 다하고, 내면에서 오는 행복과 만족감으로 긍정적인 영향을 준다.

셋째, 자신의 가치와 목표를 발견하고 추구한다. 각자가 가지고 있는 독특한 장점과 역량을 인식하고, 자신만의 비전과 목표를 설정한다. 동기부여를 주고, 삶에 대한 의미와 방향을 제시한다.

마지막으로, 주변 사람들과 연결되고 공유한다. 인생은 혼자서만 살아갈 수 없기에 관계를 형성하고, 삶을 더욱 풍요롭고 의미 있게 만든다.

'나다운 삶'은 고유한 여정이며, 행복하고 만족스러운 삶이다. '나다운 삶'을 살기 위해 자신의 좋아하는 일에 관심과 열정으로 행동하고, 자신의 목표와 가치에 따라 선택이 중요하다. 자신을 사랑하고 존중하며, 주변의 관계 속에서 소통과 협력으로 이룰 수 있다. 가끔은 실패와 어려운 시기에 긍정적인 마음가짐과 도전이 중요하다. '나다운 삶'은 우리가 가진 독특한 존재로서의 가치를 인정하고, 자신을 사랑하며, 소중한 목표를 추구하며, 사랑과 연결을 통해 삶을 채워나가는 것이다. 이러한 원칙을 지키며, 나다운 삶을 자기 주도적으로 살아가야 하지 않을까.

나는 글쓰기로 설렌다 출간 기획서

오 연 미

공부머리가 자라는 책읽기

공부자존감을 키워주는 독서법

도서 제목 및 부제 (가칭)

- 공부머리가 자라는 책읽기
- 생각이 자라는 책읽기
- 공부자존감을 키워주는 독서법

저자 소개

꿈마니(필명): 꿈부자 엄마로 10년 넘게 독서모임을 해왔다. 책과 시사, 영화를 다룬 팟캐스트 〈듣보잡세〉를 진행했다. 〈엄마의 꿈책방〉 블로그를 운영하고 있고, 블로그 시민기자 활동을 5년 넘게 하면서 '시민기자 블로그 글쓰기' 강의와 '어린이 마을 기자' 강의를 했다.

어릴 때부터 길을 걸으면서 책을 읽을 정도로 활자중독자였다. 고등학교 1학년 때 처음 보는 수학 시험에서 한 문제를 맞혔다. 성적을 올리기 위해 수학의 정석을 10회독 하고 공부를 시작한 지 6개월 만에 수학 과목에서 전교 1등을 하게 되었다. 그 후로 독서가 학습능력을 키울 수 있다는 확신을 가지고 더욱 독서에 집착하며 살아 왔다. 진로에 대한 고민이 생길 때마다 책을 읽고 길을 찾았다. 아들이 난독증 증세를 보였지만, 독서를 통해 공부에 자신감을 가지게 되는 것을 보면서 누구나 책을 통해 자신의 꿈길을 찾을 수 있다고 다시금 생각했다. 자신이 걷고 있는 오늘이 누군가에게 희망의 길이 되길 바라며 독서를 통한 자기계발을 계속 이어가고 있다.

기획 의도

- 아이가 난독증 증상이 있어 학습무기력증을 겪기도 했지만, 책육아를 꾸준히 실천하면서 아이의 학습능력이 향상된 경험담을 공유하며 독자들에게 동기를 부여 한다. 책을 통해 아이가 학습하는 방법을 배우고, 자기효능감이 높아지면서 공부자존감을 키울 수 있다.

- 아이를 키우는데 한 마을이 필요하다고 하지만 백 권의 책도 필요하다. 책을 통한 간접 경험은 생각의 폭을 넓혀 준다. 아이는 책을 통해 저자와 만나고 책에 대한 이야기를 다른 사람과 나누면서 자신의 생각을 표현하고, 소통하는 법을 배운다. 책을 읽고 자신의 생각으로 소화하고 다른 사람에게 자신의 배움을 나누면서 스스로 생각하는 힘이 생긴다.
- 공부를 하면서 생긴 질문에 대한 깊이 있는 해답을 찾는 방법 중에 관련 책을 찾아 있는 방법이 있다. 책을 읽고 이해하는 과정에서 아이는 스스로 문제해결능력을 키울 수 있다. 그리고 정보를 얻기 위해 책을 활용하는 방법을 깨달을 수 있다.

주요 독자

- 책을 좋아하는 아이로 키우고 싶은 30~40대 부모
- 아이가 독서를 통해 문해력을 기르고 싶은 40대 부모
- 독서를 통해 학습능력을 향상 시키고 싶은 40대 부모

기획의 특징 및 차별성

본 책과 비교할만한 책들

도서 제목	저자	출판사/출간년도	내용(컨셉)
공부머리 독서법	최승필	책그루 2018년	독서를 통해 학습능력을 향상 시킬 수 있음
이렇게 책읽는 아이가 되었습니다	김동환	책그루 2022년	가족 독서 문화가 아이를 책읽는 아이로 키워냈다고 함

- **[참신성] 난독증 아이를 위한 독서교육의 생생한 경험담을 담고 있음.**

✔ 한글을 읽고 쓰는 게 어려웠던 아이에게 책을 읽어주며 책육아를 하는 동안 겪었던 이야기를 솔직히 나눔.

✔ 독서가 아이에게 즐거운 경험이 될 수 있게 만들기 위해 독서 후 아이가 좋아하는 간식을 주거나 재미있는 독후 활동을 한 이야기를 담음

- **[실용적 효과] 아이와 책을 읽으면서 알게 된 경험을 통한 구체적인 방법을 알려줌**

✔ 예를들어 부모와 아이가 번갈아 가며 소리 내어 책을 읽으면 집중력도 높아지고 문해력이 향상 됨.

✔ 아이가 책 편식을 할 때 잠자리에서 읽어줄 책을 고르는 책장에 다양한 분야의 책을 놓아두고 고르게 하는 방법을 소개함.

Contents

3장 책을 읽고 성장하기

• 학습능력을 향상시키는 책육아

책을 읽으면 공부머리가 자라요

책이 쏘아올린 작은 공

백독백습

책 속의 책을 읽어요

책에서 꿈길을 찾아요

#글쓰기를 어려워하는 아이를 위한 독서팁

* 부록_독서감상문 쓰는 방법

* 저자 후기

* 주(註)

* 참고 문헌

서문 및 샘플 원고: 다음 페이지에 첨부

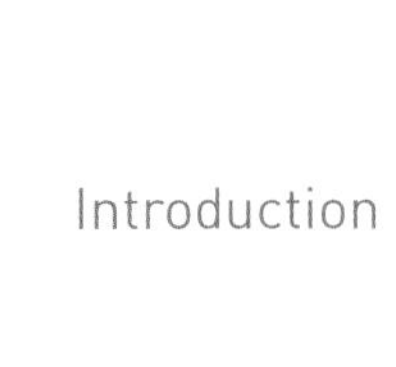

Introduction

책으로 꿈길을 찾는 아이

사실 저는 제 아이가 어딘가 부족한 아이라고 생각했습니다. 아이는 걷는 것도 또래보다 느렸고, 말도 세 살 넘어 늦게 터졌습니다. 심지어 한글을 배우는 것도 매우 더뎠습니다. "이것은 'ㄱ'이야. 방금 엄마가 쓴 게 뭐라고?" 네 살이 된 아이를 앞에 앉혀 놓고 열 번도 넘게 'ㄱ'을 알려 주려고 애를 썼지만 아이는 방금 들은 말도 기억을 못 하는지 대답을 못했습니다. 이런 아들에게 한글을 가르치려고 한 달 넘게 노력했지만 결국 엄마와 아이 모두 지쳐 그만두고 말았습니다. 남들은 다 자기 자식이 천재라고 하던데 '왜 내 아이만 이럴까?' 싶어 남몰래 눈물을 훔치기도 했습니다. 내 아이는 공부 쪽 머리는 아닌가 싶어 내심 포기하는 마음이 었습니다.

아이가 입학하기 전 다행히 한글 자음과 모음을 겨우 떼었습니다. 처음에 아이는 친구들과 즐겁게 학교생활을 하는 것 같았습니다. 하지만 아이가 받아쓰기 시험을 볼 때마다 가슴을 졸여야 했습니다. 전날 밤 열심히 받아쓰기 연습을 했는데도 아이가 글자의 모양을 좌우로 바꾸어 써서 틀려 오는 날이 많았기 때문입니다. 그리고 학부모 상담 시간에 담임선생님께서 아이가 기초 학력이 부진하다고 이야기하시면서 수업 시간에 무기력한 모습을 보인다고 하셨을 때 집으로 돌아가는 발걸음이 너무나 무거웠습니다. 아이를 제대로 가르치지 못했다는 죄책감이 밀려왔습니다. 그리고 아이의 앞날에 대한 걱정 때문에 조바심을 내기도 했습니다.

어느 날 인도 영화를 보는데 주인공 아이가 글자 모양을 좌우로 바꿔 써서 틀리는 장면이 나왔습니다. 그리고 난독증을 겪는 아이들이 글자의 모양을 좌우로 바꿔 쓰는 경우가 많다는 것을 알게 되었습니다. 영화 속 주인공도 글자를 읽고 쓰는 데 어려움이 있어 학교 공부를 잘 따라가지 못했습니다. 부모님은 아이를 엄한 기숙학교에 보냅니다. 전학을 간 학교에 적응하지 못한 아이는 점차 생기를 잃어갔습니다. 하지만 어릴 때 난독증을 앓았던 미술 선생님의 도움으로 아이는 조금씩 학습을 따라갈 수 있게 됩니다. 그리고 아이의 숨겨진 재능을 발견하며 성장한다는 내용이었습니다.

저는 이 영화를 보면서 소리 내어 펑펑 울었습니다. 아이가 한글을 배우면서 얼마나 힘들었을까 싶기도 하고, 아이에게 엄마의 말을 집중해서 듣지 않았다며 심하게 다그쳤던 날들이 후회스러웠습니다. 저는 어려운 일이 있으면 늘 책에서 길을 찾았기에 그날 이후로 더욱 아이에게 책을 열심히 읽어 주었습니다. 그리고 책을 못 읽어줄 때는 오디오북을 들려주었습니다. 초등학생이니까 스스로 책을 읽어야 한다는 말도 더 이상 하지 않게 되었습니다. 아이가 문제를 잘 이해하지 못해 틀릴 때도 차근차근 소리 내어 다시 문제를 읽게 했습니다. 그리고 지문의 내용을 함께 읽고 아이와 이야기를 나눴습니다.

다행히 아이가 다른 친구들보다 읽기와 학습에 어려움은 있었지만 그렇다고 해서 책을 싫어하지는 않았습니다. 아이는 좋아하는 책이 너덜너덜해질 때까지 읽어 달라 졸랐고, 토시 하나 틀리지 않고 책 내용을 다 암기하기도 했습니다.

초등학교 3학년이 되던 해에 아이는 학원에 가지 않겠다고 했습니다. 다른 친구들처럼 학원의 노예가 되기 싫다고 했습니다. 결국 아이는 계속 엄마표 공부를 고집했고, 제가 해줄 수 있는 것은 문제집을 함께 풀고, 책을 많이 읽어 주는 수밖에 없었습니다. 그때 아이가 즐겨 읽었던 WHY 시리즈와 '모비딕', '삼국지'와 같은 책들을 통해 배경지식을 넓혀갈 수 있었습니다.

학부모 모임에 갔다가 우연히 초등학교 영재학급에 대한 이야기를 들었습니다. 영재학급을 신청하면 재미있는 과학 체험 수업을 받을 수 있다고 했습니다. 아이가 과학을 좋아한다는 이유로 무작정 영재학급 수업을 신청했습니다. 영재학급을 신청하는 아이가 별로 없어서인지 원하던 수업을 받을 수 있게 되었습니다. 아이는 영재학급 수업을 듣고 오는 날이면 눈을 반짝거리며 그날 배운 내용을 엄마에게 알려주곤 했습니다. 아이는 수업 시간 만들어 온 피라미드 모양의 과제물을 자랑스럽게 전시해 놓기도 했습니다.

아이가 영재학급 수업을 재밌어하는 모습을 보며, 영재교육원에도 지원하게 되었습니다. 솔직히 말하자면 입학 심사를 준비하면서 내심 떨어질 거라 생각하고 있었습니다. 한 번도 내 아이가 영재라고 생각해 본 적이 없었으니까요. 그냥 경험 삼아 지원해 보자는 마음이었는데 아이가 영재교육원에 합격했다는 메일을 받았을 때 너무 기뻤습니다. 처음에는 학교 공부를 따라가는 것도 힘들었던 아이가, 수업 시간 무기력해서 엎드려 있던 아이가 영재교육원에 합격할지 꿈에도 상상 못했기 때문입니다. 아이는 요즘 영재교육원에서 친구들과 관심사를 나누며 즐겁게 공부하고 있습니다.

아이를 키우면서 여러 어려움이 있었지만, 독서는 배움의 길을 포기하지 않고 나아갈 힘이 되었습니다. 그리고 앞으로 아이의 삶에 꿈의 나침반이 되어 줄 거라 믿습니다. 아이는 요즘 이차 전지 실험을 하고 있습니다. 실험하기 전에 관련 책을 학교 도서관에서 찾아 읽습니다. 책을 읽고 이해가 잘 안되는 부분이 나오면 잠깐 멈추고 생각합니다. 모르는 내용을 인터넷에 검색해 보기도 하고, 때론 아빠에게 물어보기도 합니다. 아이는 책을 통해 공부하는 방법을 잘 배워 가고 있습니다.

"어떻게 하면 책을 좋아하는 아이가 될 수 있을까요?"라고 묻는 엄마들을 많이 만나 보았습니다. 저 또한 제 아이가 책을 좋아하는 아이로 자랄 수 있길 바라면서 많은 고민의 날들을 보냈습니다. 저와 아이가 함께 책을 읽고, 꿈을 향해 나아갔던 날들이 이런 고민에 대한 도움이 되었으면 합니다.

아이가 자라는데 한 마을이 필요하다고 했는데 저는 거기에 추가해서 백 권의 책도 필요하다고 말하고 싶습니다. 여기서 백 권이라는 숫자는 중요하지 않습니다. 아이가 독서를 통해 책 속에서 많은 인물들을 만나고, 많은 간접경험을 하고, 많은 생각을 하면서 꿈을 찾고 키울 수 있다고 생각하기 때문입니다.

독서를 통해 꿈을 키워가는 모든 아이를 응원하며, 지금, 이 순간도 육아 전쟁으로 고군분투하는 부모님들께 존경한다고 말씀드리고 싶습니다. 세상의 모든 부모는 아이들에게 위대한 책입니다.

샘플 원고1

문 좀 열어주세요!

- 책 표지 그림을 보고 이야기를 나눠요

아이가 어릴 때 좋아했던 그림책 표지에는 문이 그려져 있습니다. 책을 읽기 전에 문이 그려진 표지에 대고 '똑똑똑' 두드렸습니다.

"문 좀 열어주세요!"

이때부터 엄마의 일인극이 시작됩니다.

"누구세요?"

아이는 다음에 무슨 일이 벌어질까 기대하는 얼굴로 엄마를 쳐다봅니다. 엄마는 굵은 목소리로 말합니다.

"도깨비요."

아이는 깜짝 놀랍니다. 아이가 도깨비를 한창 무서워할 때였거든요.

"무서워요! 들어오면 안 돼요!"

엄마는 아이를 쳐다보며 잔뜩 겁먹은 목소리로 이야기를 이어 나갑니다.

다시, '똑똑똑'

"누구세요?"

"저는 옆집에 사는 토끼예요."

"어서, 들어오세요."

엄마를 유심히 지켜보던 아이가 엄마처럼 책에 그려진 문을 두드립니다.

'똑똑똑'

엄마가 물어봅니다.

"누구세요?"

"저는 티라노예요."

"아이쿠, 무서워라! 들어오면 안 돼요!"

아이는 문을 두드리고, 엄마는 대답하는 놀이가 이어집니다. 때로는 놀이가 너무 길어져서 책을 읽기 전에 엄마가 지칠 때가 있습니다. 하지만 아이의 기억 속에 책은 재미난 추억으로 남겠지요.

이렇게 아이와 함께 책을 읽기 전에는 늘 책 표지 수다를 떱니다. '책 표지 수다'는 말 그대로 책 표지를 보면서 아이와 이야기를 나누는 거예요. 먼저 책 제목을 읽은 다음, 책 표지 그림을 유심히 살펴봅니다. 그림을 보며 이 책이 어떤 이야기를 들려줄지 미리 생각해 보는 겁니다. 앞으로 펼쳐질 이야기를 상상하면서요. 아이와 자유롭게 이야기를 나누다 보면 아이의 눈은 호기심으로 반짝반짝 빛이 납니다.

한 번은 '나무의사 딱따구리'(웅진출판사)라는 책 표지를 보면서

"왜 딱따구리는 나무 의사일까?"라고 아이에게 질문했더니

아이도 엄마에게 '뭐야? 뭐야?' 식 질문을 쏟아냅니다.

"이 새는 뭐야?"

"나무 의사가 뭐야?"

엄마는 답을 바로 알려주지 않고 모르는 척하며 아이에게 다시 물어봅니다.

"이 새는 뭘까?"

"나무 의사는 뭘까? 너는 어떻게 생각해?"

아이가 자기 생각을 말하고 나면 엄마는 아이와 함께 책을 읽으면서 하나씩 답을 찾아갑니다. 이렇게 질문하고 답을 찾는 과정에서 아이의 생각은 한 뼘씩 자라납니다.

이렇게 '책 표지 수다'를 한바탕 쏟아 내고 나면 이야기에 점점 더 빠져

듭니다. 그리고 자신이 상상했던 대로 이야기가 전개되는지 호기심 어린 눈으로 집중해서 봅니다. 책 표지에 나온 주인공을 만나면 아는 척을 하기도 합니다. 책에 대한 관심이 높아지면 그만큼 책의 내용을 잘 이해할 수 있습니다.

아이는 엄마의 질문을 통해서 책에 관심을 가지게 되고 또 호기심을 가지게 됩니다. 어린 호기심의 씨앗은 어쩌면 아이가 질문에 답을 하려고 생각하는 과정에서 생기는 게 아닐까요. 아이와 '책 표지 수다'를 나누면서 아이가 맘껏 상상하고, 책에 대한 관심을 가질 수 있도록 생각하는 힘을 키워주세요.

샘플 원고2

아이가 공룡 책만 좋아해요
- 책 편식이 심한 아이를 위한 독서 팁

'아이가 공룡 책만 좋아해요.'라고 말하는 아이 엄마들을 가끔 봅니다. 그럴 때 '저희 아이도 그래요.'라고 얼른 맞장구를 칩니다. 그리고 얼마나 자신의 아이가 공룡에 진심인지 관련 에피소드를 쏟아내며 육아의 어려움에 대해 이야기를 나눕니다. 아이가 음식을 골고루 먹어야 하는 것처럼 책도 다양한 분야를 골고루 읽으면 얼마나 좋을까요?

세 살 무렵 아이는 서점에 가면 자기가 좋아하는 자동차 책을 사달라고 조르고, 도서관에서 책을 빌릴 때도 자동차가 나오는 책을 빌리고 싶다고 들고나옵니다. 자동차가 나오는 책들은 아이의 손을 타서 금방 너덜너덜해지고 테이프로 책을 도배하는 수준에 이르게 됩니다. 그런데 아이가 다섯 살이 되자 이번에는 공룡과 사랑에 빠져 버렸습니다. 발음하기도 힘든 공룡 이름과 키, 몸무게 먹이와 사는 곳까지 줄줄 외웁니다. 아이는 엄마의 귀에서 피가 날 정도로 엄마는 전혀 관심이 없는 공룡 이야기를 조잘조잘 쉬지 않고 합니다. 아이가 자라면서 관심사도 자연스레 바뀌고 좋아하는 책도 바뀌어 갔습니다. 초등학교 5학년 때는 해리포터 시리즈에 푹 빠져서 해리포터의 마법 지팡이 나무 종류가 무엇인지 길이가 몇 센티미터인지, 아주 세세한 부분까지 열정적으로 설명해 주기도 했습니다.

물론 책 편식이 오래가는 아이들도 있습니다. 하지만 시간이 지나면서 대부분의 아이들 관심사도 바뀌고 책 편식에 대한 걱정도 언제 했었냐는

듯이 잊게 되는 경우가 많습니다. 아이가 책 편식하는 것을 너무 걱정할 필요는 없습니다. 그런데도 저 또한 제 아이가 다양한 책을 읽었으면 해서 여러 가지 시도를 했습니다. 여기서 제가 아이에게 다양한 책을 만날 수 있게 했던 몇 가지 방법을 소개 할까 합니다.

1. 도서관에서 엄마가 재미있게 책 읽기

저는 도서관에 들어가면 아이가 스스로 책을 골라오게 합니다. 아이가 스스로 책을 고르게 하면 책을 읽을 때 아이가 더 집중해서 듣기 때문입니다. 처음에 아이를 도서관에 데리고 갔을 때는 자동차 그림이 있는 책들만 골랐습니다. 그래도 아이의 선택을 존중하기 위해 골라오는 책들을 열심히 읽어 주었습니다. 그리고 난 뒤 아이 옆에서 다른 주제의 책들을 골라서 큰 소리로 읽습니다. 아이는 엄마가 무엇을 하는지 궁금해합니다. 그래서 엄마가 재미있게 읽는 책에도 관심을 가집니다. 엄마가 어떤 책을 보고 웃으면 왜 웃느냐고 물어보며 은근슬쩍 엄마 곁으로 옵니다. 그때 아이에게 책 속의 그림을 보여 주며 질문을 던집니다. 여기서 아이의 눈이 반짝거리며 아이가 이 책에 대해 궁금증을 가지게 됩니다. 그리고 자연스럽게 책을 읽어주면서 아이와 이야기를 나누면 성공입니다. 물론 금방 아이의 관심은 다시 자기가 좋아하는 책으로 돌아갈 때가 많지만 이 과정을 반복하다 보니 조금씩 다른 책에도 관심을 가지는 게 보였습니다.

2. 잠자기 전에 읽을 책을 고를 수 있는 작은 책장 마련해주기

아이가 잠들기 전 책을 자주 읽어 주었습니다. 아이가 책을 세 권 골라오면 그 책을 자기 전에 읽어 주었지요. 아이의 책 편식이 심해지자, 저도 고민이 되었습니다. 어떻게 하면 아이가 다양한 책을 읽게 할 수 있을까 고민하던 끝에 잠자기 전에 읽을 책을 고를 수 있는 작은 책장을 마련해

주었습니다. 그리고 책장에 엄마의 사심이 담긴 다양한 책을 꽂아 둔 뒤에 거기서 책을 고르게 했습니다. 아이는 책장에서 골라온 책을 읽으면서 다른 분야의 책도 재미있다는 것을 알게 됩니다. 이렇게 다양한 분야의 책을 읽다 보면 좋아하는 책에 대한 폭이 넓어질 수 있습니다.

3. 책과 재미있는 경험 함께하기

도서관에서 아이들에게 책을 읽어주는 프로그램이 있다고 해서 신청한 적이 있습니다. 봉사자 형, 누나들이 책을 읽어 줄 때, 다른 아이들과 함께 듣다 보니 아이가 책에 더 집중하는 게 느껴졌습니다. 그리고 독후 활동을 하며 즐겁게 아이들과 어울리다 보니, 아이가 그 시간을 기다리기도 했습니다. 그 시간에 읽었던 책을 도서관에서 빌려 여러 번 읽기도 했습니다. 그때 아이가 그 책을 읽으면서 행복했기 때문에 반복해서 읽고 싶었던 게 아닐까 하는 생각이 들었습니다. 이렇게 책을 읽으면서 재미있는 경험을 함께하면 아이는 저절로 책을 좋아하게 되지 않을까요.

아이가 자라면서 좋아하는 책은 달라집니다. 자동차 책에서 공룡 책으로 그리고 곤충 책으로 거기서 소설책으로 바뀌어 갔습니다. 아이가 자라면서 관심 가는 주제가 달라지기 때문에 아이의 책 편식은 엄마가 기다려 주는 게 중요하다는 생각이 듭니다. 대부분의 육아 고민을 시간이 해결해 주는 것처럼 말입니다.

주위에서 곤충을 자주 보는 아이들은 곤충이 나오는 책이 친숙하게 느껴집니다. 바닷가에서 노는 친구들은 물고기가 나오는 책을, 자동차가 많이 보이는 도시에 사는 친구들이 자동차에 관심을 갖게 되는 것은 당연한 일일지도 모릅니다. 이처럼 아이가 다양한 경험을 많이 하면 할수록 여러 가지 주제에 관심을 가지게 되지 않을까요.

나는 글쓰기로 설렌다 출간 기획서

오 지 연

처음부터 독서가 어려운 너에게

초보 독서가를 위한 첫걸음

도서 제목 및 부제 (가칭)

- 처음부터 독서가 어려운 너에게 : 의미 부여하지 말기
- 초보 독서가를 위한 첫걸음
- 책 읽기 초보의 독서 첫걸음

저자 소개

오지연

10여 년간 국내와 일본의 자동차 연구소에서 설계 엔지니어로 근무했다. 결혼 이후 아이의 출산과 육아로 일의 병행이 어려워지면서 전업주부가 되었다. 아이가 커 감에 따라 아이보다 '내가 먼저 바로 서야한다'는 생각을 하게 되면서 공부의 중요성에 깨닫게 된다. 40대가 넘어서 영어영문학 공부를 시작했다. 이것은 책에 대한 매력을 빠지게 만든 계기가 되면서 다양한 분야의 관심으로 넓어지는 계기가 되었다. 지금까지 꾸준히 책의 항해를 펼치는 중이며 특히 역사와 철학, 과학 분야의 글을 즐겨 읽는다. 현재 지역 독서토론회 '템리드'에서 활동하고 있으며 앞으로 독서 컨텐츠 개발 및 독서 문화 공간을 만들고픈 소망을 가지고 있다.

기획 의도

기존에 나와 있는 독서법에 관한 책들도 좋은 책들이 많지만 초보자적 접근에 초점을 맞춘 경우는 많지 않았다. 특히 기존의 대가들의 강도높고 심연한 독서법은 독서의 초심자들에게 적합하지 않다는 생각을 하였다. 이 책은 그 점에 초점을 맞추어 부담감으로 쉽사리 책을 읽기 힘든 사람들, 책을 읽고자 하지만 금방 지쳐 포기하게 되는 사람들을 주요 독자로 선정하였다. 초보 독서의 입문방향과 그 책 읽기의 목적과 활용에 충실하고자 했다.

주요 독자

- 책을 읽고자 하는 마음은 있으나 쉽사리 책을 들기가 어려운 예비 독자.
- 책의 재미를 발견하고자 독자
- 책 읽기의 솔선 수범을 하고자 하는 학부모

기획의 특징 및 차별성

본 책과 비교할만한 책들

도서 제목	저자	출판사/출간년도	내용(컨셉)
책을 꼭 끝까지 읽어야 하나요?	변대원	북바이북/2019	재미의 중요성과 독서의 종류
책 먹는 법	김이경	땅콩문고/2015	독서의 부담감과 편안한 독서의 필요성을 주장
읽어도 도대체 무슨 소린지	크리스토바니	연암서가	구체적인 독서지도의 방법

Contents

* 저자 후기
* 참고 문헌

서문 및 샘플 원고: 다음 페이지에 첨부

Introduction

책 읽기가 힘들죠?

지난해 저는 3개의 독서회 활동을 했습니다. 그리고 1년이 넘게 지난 지금은 아쉽게도 한개의 독서회만 유지되고 있습니다. 지금까지 이어온 독서회도 3년 넘게 참여하고 있는 동안 꽤 많은 분이 바뀌었고 지금까지 바뀌지 않은 멤버는 저를 포함한 3명뿐 입니다.

'무엇이 책을 읽는데 이렇게 사람들을 요동치게 할까요?'

솔직히 이 질문의 답은 뻔합니다.

"힘드니까요."

두 말이 필요 없는 이유이죠.

그렇다면 왜 힘들까요?

우리에게 책은 늘 선택의 우선순위에서 밀려납니다. 읽고자 하는 마음은 짐처럼 밀리고 밀려서 늘 뒷전이죠. 하지만 완벽하게 그 마음을 버리지도 못합니다. 독서만큼 모순된 마음이 있을까요? 솔직히 저도 그렇습니다. 예전보다는 꽤 독서력이 좋아졌다고 생각하지만 그래도 항상 느끼는 감정입니다. 물론 아닌 사람들도 있겠지만 흔할 것 같지는 않습니다.

책은 펼치기도 어렵고 읽어내는 것은 더 부담스럽다.

우리는 학창 시절에 공부를 잘하든 못하든 입시의 부담감에 시달리며 살았습니다. 그 부담감은 공부라는 목적을 채우기 위한 독서에도 그대로 옮겨졌지요. 지금의 우리 아이들도 마찬가지입니다. '독서는 공부', '공부는 힘들다'는 뿌리 깊은 생각은 '책'이라는 이미지를 모순적으로 만들었습니다.

어찌 보면, 세상 모든 일은 다 역설의 진화일지도 모릅니다.

삶을 살면서 저는 이 '역설'의 현장을 자주 마주칩니다. 특히 동경이 섞인 외면의 현장에서 더 마주치는 것 같습니다. 그것이 책에 관한 상황이면 더욱 그렇습니다. 전부는 아니겠지만 보통의 평범한 우리는 책에 대한 동경과 외면을 함께 가지고 있는 것 같습니다.

삶에서 어려움은 늘 전쟁터 지뢰처럼 숨겨져 있습니다.

지뢰는 혹여나 밟으면 죽거나 치명상을 받을 수 있는 매우 위협적인 무기입니다. 하지만 그런 위험성에도 불구하고 어디에 묻혀 있는지 알기가 어렵습니다. 그 때문에 언제 어디서 터질지 모른다는 두려움이 큽니다. 두려움이 큰 군대를 생각해보세요. 전장에서 싸우기 유리 할까요? 이길 확률은 모래알처럼 희미할 것입니다.

두려움은 원래가 위협 상황에 대해 살아남기 위한 반응기제입니다. 우리 몸이 생존하기 위해서 자연 선택된 전략입니다. 강한 부정적 감정을 유도해 위협 상황에서 도피를 이끄는 것이죠. 아주 오래전 우리의 머나먼 선조들에게는 매우 필수적인 본능입니다. 생존에 대한 보장이 없던 시절, 강화될 수밖에 없는 감정입니다. 문제는 상황이 많이 변화된 지금도 이런 경향이 그대로 남아 있다는 것입니다. 진화학자들은 지금의 인류와 머나먼 과거의 인류가 크게 다르지 않은 같은 종이라고 말합니다. 그때의 호모사피엔스는 지금도 그대로 호모사피엔스입니다. 하지만 우리는 그때처럼 생존에 크게 위협받진 않습니다. 물론 지금도 무서운 세상이라고 하지만 과거 걸어서 대륙을 누비며 불을 피우고 살았던 그때처럼 생명에 위협을 받으며 살진 않습니다. 그런데도 불과하고 두려움은 왜 존재할까요?

책이 아름다운 이유는 책이 주는 '밝음' 있기 때문입니다. 그것을 느끼기 시작하면서 저는 초보에서 벗어나고 있다는 사실을 알게 되었습니다. 비루하다면 비루한 독서지만 이러한 책의 이점을 살펴 주변을 둘러보니 전에는 보이지 않던 것들이 보이기 시작했습니다. 특히 책에 대해 사람들이 가진 막연함과 두려움 크다는 것을 느끼게 되었습니다. 그리고 저의 아이도, 저의 지인들도 마찬가지였지요. 그리고 껍질이 단단할수록 막연함과 두려움은 더 커진다는 사실도요.

우리는 사는 내내 두려움과 늘 함께 할 겁니다. 그리고 계속 불안해하고 고민할 겁니다. 그 길을 고수할지 다른 길을 탐색할지, 안전한 곳을 찾아 그곳에 계속 머무를지, 너무 무서워 그 자리에 주저 앉을지, 여러 고민을 할 것입니다. 하지만 무엇을 선택해도 완벽한 결과가 나올 가능성은 매우 희박할 것 같습니다. 온전히 그에 따른 결과만이 나의 몫으로 고스란히 남을 것입니다. 결국 무엇 되었던 내가 한 선택이 핵심입니다.

손자병법의 유명한 말이 있지요. '적을 알고 나를 알면 백전백승이다' 이건 다소 잘못 알려진 말입니다. 정확한 뜻을 알아볼까요?

'지피지기 백전불태:知彼知己百戰不殆'

'상대를 알고 나를 알면 백 번 싸워도 위태롭지 않다'

위의 말은 춘추전국시대 오나라 책략가인 손무가 쓴 '손자병법', 제3편 [모공] 편에 실린 말입니다.

저는 처음 길을 가려는 사람들은 '어떤 길을 어떻게 갈 것인가'도 보다도 '내가 지금 갈 수 있나?, 없나?'를 아는 것이 더 필요하다고 생각합니다. 그 마음 바탕에 가장 어울리는 말이 바로 '지피지기 백전불태', 알면 위태롭지 않다는 말이라고 생각합니다. 무엇을 알고 무엇을 취하고 버려야 하는지 계속 고민하고 읽는 과정이 초심자일수록 꼭 필요합니다. 그래야 부담을 덜어내고 두려움에 맞서 읽어 낼 수 있는 것이 아닐까요? 우리에게 필요한 것은 '지피지기' 일 것입니다.

솔직히 '이제 초보 좀 벗어난 내가 이런 글을 써도 될까?' 싶은 마음에 우려가 큽니다.

변변치 않은 실력으로 내가 무얼 말할 수 있을까? '고생길이 훤하구나' 싶기도 하고요.

하지만 저는 책이 주는 어려움은 누구보다 잘 알고 있다고 생각합니다. 책을 읽고 싶지만, 독서를 부담스러워하는 그 마음이 너무 와닿기 때문에 저도 용기를 내어봅니다.

"이제 어린 펭귄은 자기 몫의 두려움을 끌어안고 바닷속으로 뛰어들 것이다. 홀로 수많은 긴긴밤을 견뎌 낼 것이며, 긴긴밤 하늘에 반짝이는 별처럼 빛나는 무언가를 찾을 것이다."

-긴긴밤. 글,그림. 루리-

두려움을 안고 책장을 여는 것은 별처럼 반짝이는 무언가를 찾으려는 우리의 깊은 염원일지도 모릅니다. 그렇다면 이제 각자의 두려움을 바로 끌어안고 가야겠지요?

그 여정에 이 책이 미비할지라도 작은 도움이 되었으면 합니다.

흥미가 중요한 이유

" 인간은 충동과 반응이라는 타고난 재능에 기대어 환경을 조성해 간다"
– 존 듀이(John Dewey) –

미각의 기능을 예민하게 타고난 사람이 있습니다. 이것으로 인해 보통 사람들보다 맛에 대한 정보를 이해하고 활용하는 것에 좀 더 쉽고 빠를 것입니다. 또한 경험적 횟수도 그렇지 않은 사람보다 훨씬 더 많을 것입니다. 하지만 그 사람이 쉐프가 될지, 미식가가 될지, 보통 사람이 될지는 알 수 없습니다. 다만 그의 타고난 능력을 잘 살린다면, 다른 사람들보다는 관련 일을 찾는 데 더 유리하겠지요. 그리고 그렇지 않는 사람보다 일을 성공으로 이끌 가능성이 더 높을 것입니다.

사람은 누구나 자신에게 조금 더 쉽게 느껴지는 분야가 있습니다. 어떤 분야는 남들보다 잘 안되는 데 비해 남들보다 더 잘되는 분야도 있습니다. 책도 마찬가지입니다. 사람마다 읽기가 좀 더 쉬운 분야가 있고 더 어려운 분야가 있습니다.

미국의 심리학자이자 교육학자인 존 듀이(John Dewey)는 그의 '기능주의 심리학'을 주장하는 논문에서

"유기체는 자기 주위를 둘러싸고 있는 것들과 상호작용하는 가운데 자기 목표에 유용한 방식으로 선별하는 편향적 속성을 지닐 수밖에 없다."라고 밝힌 바 있습니다. 한마디로 내가 가지고 있는 관심사가 나의 목표에 가장

유용한 방식이라는 것입니다. 그 관심사가 흥미가 될 수 있다고 해도 좋을 것 같습니다.

흥미는 관심과 재미를 가져다주는 통로입니다. 재미는 힘들고 반복적인 부분의 고통 없애주거나 때로는 고통을 감내해도 큰 문제 없이 넘어갈 수 있도록 도와주지요.

재미는 긍정적이고 즐거운 자극입니다. 티브이에서 도파민, 아드레날린, 엔도르핀, 세로토닌 등의 말을 많이 들어보셨을 겁니다. 기쁨과 즐거움, 행복을 느끼게 해주는 중추신경계의 신경전달물질입니다. 재미는 이 물질을 활성화시킵니다. 그리고 고통을 지워주지요.

우리의 뇌는 '편향'적인 특징이 있습니다. 뇌의 편향성은 자극을 통행 이루어 집니다. 긍정적인 자극은 뇌가 그러한 행동을 계속 반복하도록 만듭니다. 즉, '강화'가 일어나지요.

정리를 좀 해보면, 흥미로 인한 재미는 고통이 생기더라도 그것을 지속하게 해줄 수 있다는 뜻입니다. 우리의 몸은 이미 어떻게 하면 긍정적 반복을 끌어낼 수 있는지 알고 있습니다. 우리가 인식하지 못할 뿐입니다. 참 신기하지 않나요?

이러한 사실은 서양의 연구만이 아닙니다. 기원전 2500년 전, 유교의 창시자인 공자는 이미 이 사실을 알고 있었습니다.

'아는 사람은 좋아하는 사람만 못하고,
좋아하는 사람은 즐거워하는 사람만 못하다:
지지자 불여호지자(知之者不如好之者),
호지자불여락지자(好之者不如樂之者)'
– 논어 [옹야(雍也편] –

공자는 결국 진리는 즐겨야 얻을 수 있다고 말합니다. 사실 이것이 바로 독서의 궁극 목표이지요. '즐긴다는 것', 참 쉽지만 어려운 말입니다.

책이 흥미로울 수가 있을까요? 책을 읽는 것을 즐길 수 있을까요? 그런 것은 원래 책을 좋아하는 사람이나 되는 것이 아닌가요?

결론부터 말씀드리면 충분히 흥미로울 수 있습니다. 이견이 있을지 몰라도, 저는 처음부터 책을 좋아하는 사람은 없다고 생각합니다. 책은 수단이자 도구에 불과합니다. 중요한 것은 그 안에 들어있는 것이지요. 그 안의 것을 들여다보지 못한다면 책은 단지 종이 뭉치에 불과합니다.

즐기는 독서를 추구하신다면 자신의 흥미에 집중하세요. 그것이 바로 책 읽기를 위한 시작입니다. 당신의 흥미는 즐거움을 선사하고, 혹여 일어날 고통을 이길 수 있게 도와주고 지속할 수 있는 힘을 줄 것입니다. 그리고 보다 더 큰 경험으로 당신을 이끌 것입니다.

긍정적이며 쉬운 신호를 찾아서

주변을 둘러보면 본인이 좋아하는 것이 없다고 한탄하는 사람들을 종종 마주합니다. 저의 20년이 넘은 친구도 자신은 좋아하는 것이 없어서 늘 흥미가 많은 저를 보면 신기하다고 합니다. 하지만 제가 보기엔 그렇지 않습니다. 그 친구는 좋아하는 것이 정말 많은 친구입니다. 친구의 이야기를 듣는 것도 좋아하고, 사람도 좋아합니다. 다만, 바로 드러나는 좋음이 없을 뿐입니다.

저는 책을 좋아합니다. 정확히 말하면 좋아하게 되었습니다. 처음부터 책이 좋았을까요? 전혀 그렇지 않습니다. 그렇다면 왜 책이 좋아졌을까요? 무언가를 찾고 확인하는 것에 흥미를 느끼기 때문에 관련 책을 읽다 보니 다른 책도 좋아진 것입니다. 하지만 아직도 문학은 어렵습니다. 늦게 한 영문학 공부가 고역이었던 저는 마지막 학기의 학점 대부분을 철학과 교육,

역사 등의 교양과목으로 채웠습니다. 특히 저에게 셰익스피어의 문학은 아인슈타인의 과학보다 어렵게 느껴집니다. 셰익스피어 작품을 읽는 동아리를 호기롭게 신청했다가 문 앞에서 돌아 나온 적도 있습니다. 수필도 보기가 만만치 않습니다. 아주 예전에 누군가의 수필을 보고 이런 생각을 했던 적이 있었습니다. '정말이지 하나도 당신의 일상이 궁금하지 않아' 지금 생각하면 참 우습네요.

예전의 저라면 흥미도 없는 분야는 가까이 가지도 않았을 겁니다. 하지만 지금은 그렇지 않습니다. 이해하고 즐기는 날이 올 것으로 믿기 때문입니다.

이렇게 생각하는 데는 나름의 이유가 있지요. 제가 즐겨보던 분야의 책들이 문학과 전혀 다르다고 생각한 것이었지만 실제는 그렇지 않았나 봅니다. 그것은 그것 나름대로 최대한 저의 독서력 증진에 영향을 미치고 있었나 봅니다. 참 세상에 쓸데없는 일이 없다더니 맞는 말 같습니다. 전혀 다른 분야와 다른 책이었지만 책을 읽는 행위와 책을 고르는 행동, 책이 주는 부담을 이겨내는 방법, 도서관으로 이끄는 발걸음까지 제가 편독을 걱정했던 책들이 저를 그렇게 만들고 주고 있었습니다.

좋아하는 것과 흥미는 다를 수 있습니다. 흥미는 처음 책을 대하는 열쇠 같은 것입니다.

좋아하는 것이 없다고 걱정할 필요가 전혀 없습니다. 중요한 것은 흥미라는 열쇠를 찾는 것입니다.

흥미를 끄는 것이 없다는 것은 무언가를 아직 발견하지 못했다는 것입니다. 혹시 뭔가 그럴싸한 것을 기대하고 있는 건 아닐까요? 그저 막연히 알아서 생기길 바라는 것은 아닐까요?

흥미를 찾는 것은 섬세하게 봐야 한다는 것입니다. 내가 평소 자주 하는 생각이나 자주 가는 주변을 살펴보세요. 그 안에 무언가가 있을 가능성이 큽니다. 또는 다른 사람들보다 더 쉽게 되는 무언가가 있는지도 체험해 보세요. 만약 있다면 그것을 통해 즐거운 마음이 들었는지 생각해보세요. 즐거움의 크기는 상관없습니다. 작은 기쁨이든 큰 감동이든 긍정적인 신호만 있으면 됩니다. 그 신호는 본인이 가장 잘 알고 있습니다. 신호를 알아차리도록 세심하게 나와 내 주변을 살피세요. 그곳에 아마도 당신이 놓친 관심과 흥미가 당신을 기다리고 있을지도 모릅니다.

책을 선택하는 나침판

'책을 구경할 겸 오랜만에 시내 대형서점으로 나왔습니다. 사람들은 넘쳐나고 책도 넘쳐납니다. 한쪽에서는 책 사인회를 한다고 야단법석입니다. 시끄럽습니다. 책장 쪽으로 눈을 돌립니다. 분야를 나눈 섹터들이 쭉 보이지만 눈에 들어오진 않습니다. 뭘 골라야 하나….

이달의 베스트셀러, 스테디셀러, 유명인의 추천목록들, 각각의 책들은 화려한 치장을 하고 가판대 위에 빼곡히 놓여 있습니다. 벌써 눈이 피로한 느낌입니다.

신작 소설을 집어 들어 봅니다. 사야 하나 말아야 하나 고민합니다. 그러다 내려놓습니다. 자리를 뜨고 발길 닿는 대로 가다 보니 딱히 눈에 들어오는 것은 보이지 않습니다. 기왕 왔는데 그냥 가기는 왠지 억울한 기분입니다. 저기 유명작가의 사인회에 다시 눈이 갑니다. 사람들이 사려고 줄을 서 있네요. 결국 저도 그 책을 삽니다.'

대형서점은 책들의 거대시장이자 마케팅의 각축장이며 전쟁터입니다. 현란한 표지와 문구, 프로들이 짜놓은 무대는 좋은 구경거리가 되지만 한편으로는 정신없고 혼란스럽기까지 합니다. 이런 상황에서 정신을 차리고 원하는 선택을 하기란 결코 쉬운 일이 아닙니다.

내가 찾고자 하는 것이 무엇인지 잘 모른 채, 재미있어 보이는 걸 찾는 것은 상당한 에너지를 들인 상태에서 우연이란 확률에 기대어야 하는 일입니다. 처음 몇 번은 괜찮겠지만 이런 방법이 몇 번 반복되면 책과 멀어지게 됩니다. 그리고 그렇게 선택한 책은 눈길도 잘 가지 않습니다.

책을 무척 잘 고르는 사람들이 있습니다. 어떻게 알고 저런 책을 골랐을까…. 싶은 분들이 있습니다. 그런 분들이 고른 책을 보면 '책이 붙는다'라는 느낌을 받을 때가 많습니다. 이런 분들은 대개 어느 정도 독서력이 진행된 사람들입니다. 자신이 무엇을 좋아하고 어떤 것에 관심을 두는지가 명확하지요. 또한 자신이 선택한 것에 집중합니다. 그리고 자신의 편독을 줄이기 위해 다양하게 관심사를 넓히는 것도 소홀하지 않습니다.

책을 선택하는 것은 독서의 중요한 부분입니다.

좋은 선택을 한다는 것은 꽤 높은 안목을 있을 때 가능하지요. 책을 잘 고르는 분들은 대개 다른 것도 안목이 높습니다. 그런 안목은 하루아침에 생기는 것이 아닙니다. 시간이 지난다고 무작정 생기는 것도 아닙니다. 안목은 취향에 녹아든 그 사람의 생각이 숙성되면서 자연스럽게 드러나는 것입니다.

영화 '캐리비안의 해적'에서 주인공, 존 스패로우는 마법의 나침판을 가지고 있습니다. 자신이 가고자 하는 곳을 생각하고 나침판을 열면 그곳으로 갈 수 있게 길을 안내해 주지요. 어느 곳이든 상관없이 말이죠.

사람들은 누구나 선택의 갈림길에서 나름의 나침판을 가지고 있습니다. 하지만 나침판의 성능은 제각각이죠. 누군가는 고장 난 나침판을 가지고 있을 수도 있고, 누군가는 나침판 보는 법을 모를 수 있습니다. 어떻게 할지 모르는 상태에서는 타인의 선택을 따라 가게 됩니다.

타인의 선택은 따라 하기는 쉽겠지만 나에게 득이 되지는 않습니다. 독서는 더욱 그렇습니다. 타인의 선택은 참고할 수 있지만 내가 선택할 수 있는 읽기가 되어야 합니다. 그러려면 취향을 발굴하고 안목을 높여야 합니다. 그것이 바로 책을 찾는 나만의 나침판이 됩니다.

참 거창하게 말한 것 같지만 결국 높은 안목을 키우는 핵심 키워드는 흥미와 관심입니다. 그로 인해 취향이 발전하고 확장되면 좋은 선택을 이끄는 마법의 나침판을 획득할 것입니다.

흥미의 성장

저는 학창 시절 만화광이었습니다. 중학교 시절, 친구와 함께 간 만화방에서 만화잡지를 처음 보았습니다. 그전에도 아이들을 위한 만화잡지가 있었습니다. 하지만 중학교 시절에 본 만화잡지는 아이들을 위한 잡지와 달랐습니다. 알콩달콩한 사랑 이야기부터 역사적 시대를 배경으로 전개되는 이야기까지 다양한 이야기가 있었습니다. 처음에는 만화 속 예쁜 그림과 멋있게 그려진 주인공이 좋아서 보게 되었는데 보다 보니 이야기가 흥미롭고 너무 재미있더군요. 만화잡지 한 권 안에는 정말 다양한 소재와 흥미로운 이야기가 있었습니다. 특히 초기 고구려 시대를 배경으로 펼쳐지는 권력다툼과 그 속에서 사랑하는 사람을 지키지 못한 한 남자의 숨겨진 사랑 이야기에 대한 만화가 있었지요. 당시에도 상당히 유명한 만화였습니다. 저도 너무 좋아해서 매회 차 목 빠지게 기다리곤 했습니다. 기다리는 시간이 지루해서 그랬을까요? 본 내용을 또 보고 있자니 책 속의 주인공이 실제 인물이었는지, 주인공이 이토록 사랑하는 사람이 실제 존재하던 사람이었는지가 문득 궁금해졌습니다. 우연히 친구와 함께 간 시내 대형서점에서 무심코 쭉 훑어보다 삼국사기 '고구려 본기'를 만났습니다. 그리고 그것이 저를 역사의 흥미로 이끈 계기가 되었습니다.

일본 만화를 좋아하다가 일본어를 독학하여 일본어를 잘하게 된 친구, 그 친구는 앞으로 그쪽 문화에 대해 더 많은 것을 알게 되고 깊어지겠지요.

아이돌 춤이 좋아서 추기 시작한 춤은 최고의 안무가를 만들어 냈습니다. 라디오를 해체하고 다시 조립하던 아이는 자동차 엔지니어가 되었습니다. 사례는 무수히 많습니다. 종착점이 훌륭하지 않아도 괜찮습니다. 중요한 점은 흥미의 씨가 잘 자라면 이렇게 무섭게 성장한다는 사실입니다.

어떤 사람은 만화를 보고 그만 덮을 수도 있고 어떤 사람은 저처럼 더 찾아볼 수도 있습니다. 어떤 사람은 일본어를 공부하다 그만둘 수 있지요. 무언가를 하다가 그만두는 것은 흥미와 재미가 닿아있지 않기 때문입니다. 하지만 무언가를 더 찾아본다는 것은 그 분야가 그 사람의 흥미와 재미가 닿아있기 때문이죠.

일본의 대문호이자 두 번째 노벨문학상을 안긴 '오에 겐자부로'는 독서를 이러한 전신운동에 비유한 바 있습니다.

> "그렇게 괴롭고 피로한 경험을 한 끝에, 지금 말한 방법대로
> 어려운 부분과 정면으로 부딪쳐가며 마침내 책을 다 읽어낸다면,
> 그야말로 '전신운동'을 한 뒤의 상쾌함을 느낄 수 있을 겁니다."
>
> -오에 겐자부로, 「읽는 인간」 중에서-

운동은 아무리 쉬운 것이라도 처음부터 이미 힘듭니다. 또한 각자가 상상하는 목표가 있습니다. 목표가 높으면 높을수록 엄청난 의지가 필요합니다. 이미 시작부터가 상당히 무겁습니다. 그러나 책을 읽는 것은 딱히 가시적인 목표를 지향하지 않습니다. 더군다나 책을 펴는 것은 아주 가벼운 마음으로도 충분합니다. 언제라도 쉽게 시작할 수 있습니다.

책 읽기도 운동처럼 뇌 근육이 주는 쾌감이 있습니다. 도파민을 강력히 불러일으키는 경험은 책을 통해서도 할 수 있습니다. 오히려 더 강력할 수도 있지요. 그리고 이것은 책을 좋아하는 소수가 하는 경험이 아닙니다.

누구나 운동처럼 아주 비슷한 과정을 거치면 몸이 만들어지는 것처럼 충분히 할 수 있는 목표입니다. 또한 상당히 비약적으로 발전할 수도 있습니다.

하지만 우리는 운동을 생각하듯, 책 읽기를 생각하지는 않는 것 같습니다. 유독 책을 읽는 것에 대한 수고로움에 인색한 것 같습니다. 요즘 사람들은 자신이 원하는 몸을 만들기 위해 시간과 돈, 노력을 아끼지 않지요. 저는 그런 노력의 딱 절반의 절반만 나의 흥미와 관심을 찾기 위해 쓰라고 권하고 싶습니다.

몸을 만들 듯 당신의 뇌를 만드세요. 흥미는 뇌의 훌륭한 단백질 음료가 될 것입니다.

그러한 적은 노력은 당신만의 흥미를 통해 재미라는 날개를 달고 상상하지 못한 책의 세계로 당신을 이끌 것입니다.

샘플 원고2

인정할 건 인정하고 부담은 내리고

"나는 책을 읽을 때 어려운 부분과 만났다고 해서
결코 지나치게 골똘히 생각하지 않는다.
한두 번 고쳐 생각하다가 그냥 내버려 둔다.
어려운 부분을 계속 고집하면 자기 자신과 시간을 모두 잃고 만다"
–몽테뉴–

독서가 쉽지 않다는 것은 맞는 말입니다. 과거부터 지금까지 수많은 독서법 관련 서적이 끊임없이 나오는 것만 봐도 짐작할 수 있습니다. 하지만 그 많은 독서법 책이 말하는 것은 대부분 같습니다. 다만 그것에 이르는 길이 어렵기에 독서를 강조하고 또 강조하는 것이지요.

'딱 이거다'하는 독서법은 어디에도 없습니다. 정답을 좋아하는 사람들에게 정말 골치 아픈 일이죠. 그렇기에 사람들은 보통 유명한 대가들의 방법들을 따라 합니다. 하지만 포기하는 경우가 대부분입니다. 그래서 강조되는 것이 의지입니다.

그러나 그런 방법들은 정말 나에게 맞는 방법이 될 수 있는지 고민해봐야 합니다. 저의 경우를 보자면 자연스럽게 그리로 향하는 방법이 아닌 이상 그러한 접근법은 그리 좋은 방법이 아니었습니다.

다산 정약용 선생님은 우리나라 사람들이 사랑하고 존경하는 인물입니다. 조선 후기를 대표하는 유학자이자 실학자로 유명하지요. 다산 선생님은 평생 500여 권이 넘는 책을 저술하셨습니다. 유배 생활 13년 동안 저술한 책만 200여 권이 넘지요. 일일이 전부 살펴볼 수는 없지만 아주 크게 보면 유학의 근본 재정리, 조선 주자학의 폐해에 대한 비판, 더불어 백성을 위해 실생활의 필요한 내용 등을 집대성하여 분류별로 나누어 꼼꼼히 기술한 책들입니다. 그 외에도 여러 분야를 넘나드는 소견 등 정말이지 대단한 분입니다.

이러한 방대한 저술의 바탕에는 그의 독서가 자리 잡고 있습니다.

다산 선생님의 독서법으로 알려진 '초서로 읽기'는 책에 관심이 있는 사람이라면 한 번쯤 시행해봤을 정도로 많이 알려져 있습니다. '초서'란 요약하면 메모하면서 읽는 것을 말합니다. 단순히 필독의 개념을 넘어 내용의 이해를 바탕으로 하여 자신에게 본보기가 될 말들을 모아 적어 두고 그 문장에 따른 자기 생각을 적는 방법으로 알려져 있습니다. 한마디로 굉장한 시간과 노력이 드는 방법입니다. 하기만 한다면야 도움이 안 되기도 어려운 방법입니다. 원론적으로는 독서의 향상과 자아 발전을 위해서는 꼭 필요한 과정입니다. 그렇기에 저도 초서로 읽는 것이 좋다는 것에는 전적으로 같은 생각입니다. 하지만 한편으로는 저의 짧은 소견으로 감히 말하면 이것은 독서법이라기보다 공부법에 가깝습니다. 그렇기 때문일까요? 사람들은 다산의 독서법에 열광합니다. 특히 부모님들이 열광하시죠. 저도 그랬습니다.

하지만 우리가 놓치는 것이 있습니다. 이러한 대가의 방법이 '과연 좋을까'하는 것입니다.

저는 다산 선생님의 독서는 다독을 기반하는 정독이라고 봅니다. 요즘 표현으로 보면 독서광이자 메모광인 사람이 어릴 때부터 반복하면서 자연스럽게 도달하는 것이지요. 책에서 자유로워지면 자연스럽게 찾아가는 완성형의 독서법입니다.

앞서 말한 것과 같이 다산의 독서법은 공부법에 가깝습니다. 평생을 배우고 공부하는 즐거움에 빠져 사셨던 분이기에 가능한 일입니다. 삶의 매 순간을 진지하게 고민하고 그 안에서 유익함을 건져 널리 이롭게 하려는 마음, 그것이 즐거움으로 사셨던 사람의 방법을 우리가 무작정 따라 하는 게 맞을까요?

아무리 좋은 것도 나와 맞지 않으면 소용없습니다. 나와 맞춘다는 것은 현재 나를 고려하는 것입니다. 우리는 현재의 나를 먼저 인정하고 나아갈 방향을 찾아야 합니다.

고수의 방법이 안 그래도 부담스러운 독서를 더 부담스럽게 할 수도 있습니다. 할수록 어렵고 지친다면 그것은 하지 않는 편이 낫습니다. 오히려 선망만 높아져 무력감이 올 수도 있습니다. 저 사람이어서 되는 거구나 하구요.

이제 1kg 아령을 가지고 운동을 시작하는 사람에게 느닷없이 100kg 바벨을 들라고 하면 들 수 있을까요? 호기롭게 흉내를 내다가 크게 다칠 수 있습니다. 어쩌면 다시는 운동을 못할지도 모릅니다.

모든 것은 단계가 있습니다. 쉽게 다가갈 수 있다고 단계가 없는 것이 아닙니다. 다양한 방법을 시도해 보아도 결국엔 기본으로 돌아오게 되어 있습니다. 독서는 무엇보다 그렇습니다.

프랑스의 철학자이자 "에쎄'의 저자 몽테뉴는 사람은 누구나 세계를 바라보는 저마다의 방법이 있으며 자기 자신을 주된 본보기로 삼아 스스로 교훈을 얻을 수 있다고 했습니다. 그리고 흔들지 않는 방향을 찾기 위해서는 상황에 따라 흔들리는 것이 우리임을 먼저 인정해야 '내가 무엇을 아는가?'를 찾아갈 수 있다고 하였습니다.

고수의 방법은 나에게 맞는지 안 맞는지를 분별하는 것으로 나를 먼저 인정하는 것입니다.

그런 면에서 초심자들이 독서는 오히려 여유롭습니다. 나는 나대로 소소하게 나의 방법대로 진행하면서 나의 경험에 주의를 기울면 됩니다.

고수는 고수대로 고수의 방법이 중수는 중수대로 그 만의 방법이 초보는 초보자대로 그에게 맞는 방법이 가장 좋지 않을까요? 먼저 계단을 밟아보고 두 계단을 넘을지 아닐지는 그때 결정해도 늦지 않습니다. 천천히 자신에게 맞는 방법을 찾아보는 것이 가장 좋은 방법일 것입니다.

독서 말고 읽기

우리는 좋아하는 사람을 만나면 자꾸 더 만나고 싶어집니다. 하지만 관계가 부담스러우면 만나기 싫어집니다. 강제적 조항이나 피치 못할 상황이 있을 때는 억지로 끌어가지만 결국 그 기간이 끝나면 후련하게 던져버리죠. 그리고 이후에 그 상황과 비슷할 때가 오면 웬만하면 만나지 않습니다.

읽기를 방해하는 가장 큰 이유중의 하나는 독서 대한 '부담'입니다.

우리 대부분은 부담 가득한 독서에 익숙합니다. 특히 어린 아이를 둔 대다수 부모님은 책 읽기에 뚜렷한 목적이 있습니다. 바로 '공부'입니다. 저는 그것이 우리 사회가 책을 멀어지게 만든 주요 원인 중 하나라고 생각합니다. 공부라는 목적에 도움이 되기 위한 독서, 배경지식이라는 이름 아래 강요되는 독서는 부담이 되어 결과론적으로 아무것도 남지 않은 채 날아가 버리는 지식이 되고 맙니다.

우리도 그런 세월을 거쳤습니다. 예전 동료가 했던 말이 떠오르네요. 내가 가장 수학을 잘했던 때는 고 3 때라구요. 그 이후로 회사에서 내가 하는 건 덧셈, 뺄셈뿐이라고요. 참 우스운 일이지요. 공부를 위한 독서는 대개는 그렇습니다. 이것이야말로 큰 효용이 없습니다.

초심자들은 독서의 무거움을 지우고 읽기로 다가가는 것이 좋습니다.

'근사한 것을 읽겠다', 이걸 읽고 '뭔가를 남기겠다'는 욕심, 읽기 힘든 책을 어떻게든 끝까지 읽어보겠다는 고집, 어떻게든 해내야겠다는 지나친 의지 등 부담으로 얼룩진 읽기는 지속할 수가 없습니다.

급한 마음을 내려놓고 편안하게 읽어주세요. 편안한 읽기가 먼저입니다.

무게는 시간에 지나면서 쌓이게 두면 됩니다. 읽어야 할 것은 차차 마련하고 당장 읽을거리에 집중하시면 편안한 읽기를 할 수 있습니다. 그림 같은 다른 매체를 이용해 보는 것도 좋습니다. 꼭 책이 아니어도 괜찮습니다. 읽을거리면 충분합니다.

부담만큼 읽기를 방해하는 것이 '효용'입니다.

다른 것을 하면서 쓸데없이 시간을 낭비하는 것은 비효율적이라고 생각하시나요? 내가 원하는 것만 바로 톡톡 해결되면서 읽기를 원하시나요?

우리는 쓸데없는 것을 멸시하는 경향이 있습니다. 하지만 책은 원래 쓸데없는 소재가 넘쳐나는 곳이에요. 개인의 궁금증과 의문이 모여 만든 지성의 집합체입니다. 아주 엉뚱한 이야기부터 사람이 이런 생각을 할 수가 있구나 싶은 깊이까지 별의별 것이 다 있지요. 그 안에서 삶에 유익하다고 여겨지는 것만 건져 가려면 그것을 알아보는 눈이 있어야겠지요? 그리고 그 유익이 진짜 유익인지 그저 도움이 되는 것이라고 막연하게 여기는 것인지 가늠할 수 있는 분별력은 필수일 것입니다. 본능적으로 떠오르는 것은 대개 쓸모와 아무 상관 없습니다. 본능적인 판단은 생물학적 생존에 기인한 것이지요. 책의 쓸모는 솔직히 생존과는 상관없지요.

매슬로의 욕구 단계설을 잠깐 보겠습니다. 미국의 심리학자 에이브럼 매슬로는 인간의 욕구를 5가지로 규정했습니다. (후추 단계가 추가됨) 그의 욕구 단계설은 피라미드 형태의 모습으로 많이 표현되는데 가장 바닥에 생리적 욕구를 시작으로 안전의 욕구, 사회적 소속을 기반하는 애정과 공감의 욕구, 존경의 욕구, 마지막으로 자아실현의 욕구로 표현됩니다.

책을 읽는 것의 궁극점은 의도하든 하지 않던 자아실현입니다. 제일 마지막 단계입니다.

고차원적이고 관념적인 영역이지요. 이런 특성을 생각해 보면 일차적으로 도움이 될지 안 될지 판단하는 것은 큰 의미가 없습니다. 기본적인 욕구의 단계가 충족되어야 다음으로 올라갈 수 있다는 매슬로의 주장을 비추어보면 참고할 만한 추측을 할 수 있습니다. 적어도 책이라는 분야에서는 생존의 관련된 단계의 분별로 효용성을 따질 수는 없습니다. 무슨 말이 이렇게 어렵냐고요? 결론은 책에서만큼은 쓸모가 있나, 없나를 가늠할 필요가 없다는 것입니다. 나의 무분별하고 욕망적인 판단은 오히려 일을 그르칠 수 있습니다. 먼저 나의 경우에 맞는지 아닌지만 판단하면 됩니다.

내가 어떤 책을 펼쳤을 때 술술 읽히는 것이 초심자에게는 가장 좋다고 하였습니다. 열었는데 책이 어렵고 무슨 말인지 잘 모르겠다면 덮으셔도 됩니다. 그래도 억지로 읽고 싶다는 마음이 크고 읽을 수 있다면 배경을 찾아가면서 읽으시면 됩니다. 하시다가 지쳐서 못 할 것 같으면 덮으셔도 됩니다. 아무도 뭐라 하는 사람이 없습니다. 그렇게 큰 의미를 두지 말고 부담 없이 하시면 된다는 뜻입니다.

초보 독서에서는 '좋은 것'이란 막연한 프레임을 버리고 책이 주는 부담과 본인의 부담을 함께 내려놓아야 합니다. 그저 '이 작자가 무슨 이야기를 하고 있나' 하고 들으시면 충분합니다. 순수하게 듣는다고 생각하고 읽으시면 됩니다. '무슨 이야기를 하는지 모르겠네' 하면 재미없는 것이고 '이 이야기를 하려고 이랬구먼' 하면 재밌는 겁니다. 지금의 단계에 보이진 않는 것을 추구하지 마세요. 부담을 내리고 흥미를 느끼고 계속 볼 수 있게만 되어도 이미 지금에서는 충분합니다.

책만 책일까?

이 세상 읽을거리는 책만 있는 것은 아닙니다. 요즘은 책도 오디오북, e북 등 다양하게 진화하고 있습니다. 우리가 흔히 말하는 책은 작가가 쓴 내용이 종이로 인쇄되어 나온 형태를 말합니다. 각자의 생각을 다듬고 다듬어 나온 소중한 창작물이지만 안에서도 엄연히 차별이 존재합니다.

서울대에서는 매년 '서울대 추천 100선'이라는 추천리스트 만듭니다. 올해는 한국문학 17권, 외국 문학 31권, 동양사상 14권, 서양사상 27권, 과학기술 11권이 지정되었습니다. 주로 대부분 인문과 과학을 넘나드는 고전입니다. 양서라고 불리며 일반 성인들에게도 많이 권고되는 한마디로 칭송을 받는 책들입니다. 몇 번이고 다시 읽어도 좋을 만큼 훌륭하고 좋은 책인 것은 맞습니다. 하지만 기본적으로 술술 익히는 책들이 아닙니다. 배경지식도 꽤 필요하고 정독해야 하는지라 책의 난이도가 꽤 높습니다. 저는 이런 책들이 고등학교 필독서와 매우 겹친다는 것에 놀랐습니다. 두께까지 만만치 않은 이 책들이 안 그래도 공부할 것이 많은 고등학생들에게 필독서라니.... 그리고 세상의 책이 별처럼 많고 가벼우면서 울림 있는 책도 별처럼 많은데 왜 필독서는 저렇게 부담스러운 책들뿐일까요?

명문대학에서 칭송한 책들, 각 분야의 석학의 책, 한 마디로 공부에 잔뼈가 굵은 사람들이 명명한 책은 대부분 쉬운 책들이 아닙니다. 물론 그중에는 읽다 보면 쉽고 재밌는 책도 있지만 대개 그렇지 않습니다. 인테리어용 책이란 말을 들어보셨죠? 대부분 위와 같은 책들 입니다. 특히 유명 대학에서 지정하거나 학술단체에서 지정한 책들은 책 특성상 지식 전달 내용이 많습니다. 그런 책들은 대부분 유기적 관계 속에 작가의 주장이 진행되기 때문에 책을 이해를 위해서는 반드시 배경지식이 필요합니다. 수학하고 비슷하다고나 할까요?. 여하튼 전의 내용을 모르면 다음으로 나아가기가 어렵습니다. 그러니 당연히 어려울 수밖에 없습니다.

어려운 책을 읽는다는 것은 어찌 보면 내 세울만한 자존심 될 수도 있습니다. 어려운 책, 두꺼운 책을 읽는 것이 멋있게 느껴질 수도 있습니다. 책이 주는 허영이 나쁜 것만은 아니지만 그렇게 계속 강행하면 책이 주는 즐거움을 얻기 어렵고 독서력에도 한계가 찾아옵니다. 더욱이 책에 대한 오해가 생깁니다. 상대의 이야기를 모른다면 당연히 내가 아는 것으로 책의 내용은 포장될 겁니다. 책 좀 읽는다고 하는 사람 중에 흔히 말하는 꼰대들이 꽤 있습니다. 근거나 적절성 없이 무조건 우기고 보시는 분들이나 "내가 좀 읽어봐서 아는 데"로 시작하는 분들이 대개 그렇습니다. 이런 현상이 생기는 것은 '성찰적 읽기'가 안되기 때문입니다. '성찰'에는 계속 말하는 것처럼 나의 이해와 상대의 논점을 이해하는 것이 기본입니다. 그다음 자신의 의견을 펼쳐야 하는데 생각보다 그렇지 않은 분들이 많습니다.

그러나 이런 이야기는 지금 중요한 게 아니죠.

책의 초심자인 우리는 근사해 보이는 책은 잠시 미뤄두었으면 합니다. 쉽고 재미있는 읽을거리를 찾아보세요. 잡지도 좋고, 광고문도 좋고, 인터넷 기사, 블로그 글도 좋습니다. 만화책도 좋고 편안한 에세이도 좋습니다. 책뿐만 아니라 동네서점에 나들이도 좋습니다. 요즘은 독립서점을 겸하는 카페가 많습니다. 대형서점보다는 훨씬 편안하게 책을 볼 수 있습니다. 좋아하시는 차를 마시며 즐기는 소소한 사치, 책이 주는 힐링 중 하나이죠. 재미 발굴을 위한 탐색을 대신해 주는 책들도 많이 나와 있습니다. 활용하기 참 좋더군요. 그리고 '알뜰신잡'같은 TV프로그램, 책 리뷰 유튜브, 원작을 가진 영화, 그림 관람, 문화 체험 등 다양하게 나들이처럼 실행해 보세요.

여기서 다만 잊지 말아야 할 점은 책으로 이어질 수 있는 자극이면 된다는 것입니다.

읽고 싶은 나를 자극하세요. 찾아보면 주변에 가득합니다.

가독성과 책의 선택

학습 피라미드로 잘 알려진 미국의 교육학자 에드거 데일(Edgar Dale)은 '가독성' 대해서 텍스트를 이해하며 최적의 속도로 읽어내고, 그 안에서 흥미로움을 발견할 수 있는데 영향을 미치는 인쇄물의 모든 요소라고 하였습니다. 조금 말이 어려운데요. 즉, 단순히 글자만 아니라 시각적인 자극을 줄 수 있는 모든 요소를 가독성의 영역으로 규정한 것입니다.

그의 주장에 따르면 문자, 숫자, 단어 간의 자간과 행간, 서체, 레이아웃, 색채 등 보여지는 대부분 것이 모두 가독성에 영향을 미친다고 할 수 있습니다.

책을 선택할 때는 글의 소재나 내용이 중요합니다. 하지만 그것만이 전부는 아닙니다. 책이 주는 외모도 중요합니다. 가독성을 살핀다는 것은 텍스트의 외모적 특징을 살펴본다는 말이기도 합니다. 읽었을 때의 술술 읽힌다는 것은 텍스트의 모습이 편안하고 글의 구조가 단순하며 내용이 무겁지 않다는 것을 의미합니다. 이러한 책은 읽기 자체를 부담스러워하는 사람들에게 큰 도움을 줄 수 있습니다.

가독성이 높다고 해서 모든 사람이 동일하게 텍스트를 이해하고 활용할 수 있는 것은 아닙니다. 문해력은 개인의 역량에 밀접한 관련이 있습니다. 간혹 가독성이 좋다고 여겨지면 내 문해력이 올라갔다고 느끼시는 분들이 있습니다. 하지만 조금 다른 이야기입니다.

가독성은 텍스트의 특성에 초점이 있지만 문해력은 읽는 사람에게 초점이 맞춰져 있습니다. 즉, 가독성은 충분히 외부적 요인으로 변할 수 있는 것입니다.

가독성에 관한 자료를 찾아보면서 이렇게 연구자료가 많다는 사실을 알고 다소 놀랐습니다. 글자의 모양에 따른 분류를 통해 가독성을 높이는 연구는 흔한 주제였습니다. 이런 사실을 알 때마다 저도 좀 놀라곤 합니다. 참 새롭습니다.

여하튼 우리는 가독성이 독서의 초심자에게 어떤 도움을 줄 수 있는지 참고하면 됩니다.

'무엇을 읽어야 하나'의 문제는 사실 어려운 문제입니다. 그러한 어려움 때문에 우리는 누군가의 추천에 늘 의지하고 싶어집니다. 책을 고르는 것이 뭐 그리 중요한 일이냐고 생각할 수도 있습니다. 평생에 몇 권이나 본다고 선택을 고민하나 싶을 수 있지만 '책을 읽고 싶다'는 자의를 가질 때는 이야기가 다릅니다.

스스로 하고자 하면 사실 모든 게 다 어려움으로 다가옵니다.

그럴 때는 역시 기댈 곳은 '나'뿐입니다. 앞서 말한 대로 그럴 때마다 나의 관심과 흥미에 의지하세요. 그리고 책의 가독성을 이용해보시길 바랍니다. 가독성이 높은 글을 무시하는 사람들이 종종 있습니다. 그런 사람은 지금의 나에게는 도움이 되질 않습니다. 그러려니 하시면 됩니다.

취향에 맞는 가독성 좋은 책. 이것이 나에게 최선의 선택입니다. 경험상 이런 책들이 읽기 좋은 책이 많습니다. 보는 이를 배려한다는 게 벌써 마음이 좋아지지 않나요? 작가나 그 출판사가 얼마나 배려하는지 아닌지도 구별해 보시려면 역시나 많이 경험해 보시는게 제일 좋겠지요. 그 미묘한 차이를 알아내는 재미도 꽤 쏠쏠합니다.

맘에 드는 책 표지를 발견하셨다면 표지를 열고 두세 단락 정도를 쓱 훑어보세요. 쉽다는 느낌을 받는다면 소재, 내용, 구조가 나에게 적당하고 텍스트가 보기 편안하게 쓰인 가독성을 높인 글일 확률이 높습니다. 조금 더 확신을 하고 싶다면 임의로 한 곳을 펼쳐 한 장 정도 더 읽어보세요. 열어 살펴보았을 때 무엇인지도 대략 알겠고 글도 쉬이 읽힌다면 내용적인 측면이나 구조적인 면에서도 가독성이 좋은 글입니다. 그 부분을 읽는데 나의 관심이 확 쏠린다면 흥미까지 맞는 책입니다.

자발적으로 이런 선택의 경험을 늘려가면 책을 고르는 기술이 발전합니다.

지금의 핵심은 쉽고 편안하고 즐거운 책을 만나는 것입니다. 그리고 이때에는 편독을 걱정하지 마세요. 지금은 경험의 빈도가 더 중요하니까요.

자주 만나기

네덜란드 암스테르담의 스키폴 공항에는 유명한 소변기가 있습니다. 바로 중앙에 파리가 그려진 남자 소변기입니다. 공항 측에서 소변기의 위생에 문제가 커지자 이 문제를 해결하기 위해 다양한 방법을 찾던 끝에 시행한 방법입니다. 이 방법을 통해 소변기 밖으로 새는 소변량의 80퍼센트가 줄었다는 일화는 대표적 '넛지 효과'의 사례로 꼽힙니다.

'넛지'는 자연스럽고 부드러운 간섭을 통해 바람직한 선택을 유도한다는 것을 뜻합니다. 미국의 경제학자이자 행동 경제학의 개척자로 불리는 리처드 세일러(Richard H.Thaler)는 로스쿨 교수였던 캐스 선스테인(Cass Sunstein)과 함께 '넛지(Nudge) 이론'을 제시했습니다. '넛지'는 타인의 선택을 유도하는 부드러운 개입을 말합니다. 사람들에게 특정 행동을 강요하거나 직접으로 영향을 미쳐서 선택을 강요하는 것이 아니라 선택의 조건을 변화시켜 자연스럽게 행동이 유도되도록 하는 것입니다.

자, 어렵게 선택한 책들을 이제는 자주 만날 수 있도록 나만의 '넛지'를 활용해 보는 것은 어떨까요?

저의 경우는 거실에서 좋아하고 자주 눈길이 가는 장소에 책을 놓아둡니다. 잠을 자는 머리 맡에도 놓아두고, 화장실에도 둡니다. 어느 때는 화분 근처에, 어느 때는 빨래 건조대 근처에, 어느 때는 TV 옆에도 장소와

위치를 자주 바꿔 놓아둡니다.

읽고 싶은데 손이 잘 가지 않는 책을 봐야 할 때는 좋아하는 만화책 사이에 같이 꽂아 두기도 합니다. 만화를 보려고 집어 들어도 책의 눈길을 느낄 수가 있어서 결국은 보게 됩니다. 저만의 방법이죠. 대체로 흔한 방법들이지요? 솔직히 특별한 나만의 방법이 있으면 좋겠는데 그렇지는 않네요. 저도 개발해야겠습니다.

독서는 의지의 문제라고 생각하는 사람들이 많습니다. 하지만 의지도 실행을 위한 하나의 수단에 불과합니다. 의지만이 나의 행동을 끌어가는 유일한 방법은 절대 아닙니다. 무작정 밀어붙이는 의지는 많은 에너지가 필요하고 심적 무게감도 상당합니다. 오히려 마음 비우고 생각보다 몸이 먼저 움직이게 하는 것이 행동을 유지하기 위한 훨씬 좋은 방법입니다. 그런 측면에서 자주 만날 각자의 방법을 고민하시면 좋겠습니다.

독서는 나이가 들어도 큰 힘을 들이지 않고 즐길 수 있는 평생의 취미활동입니다. 하지만 즐기기 위한 준비는 꽤 필요합니다. 책을 읽으시려는 마음을 가지고 책을 열었다면, 이제까지의 내용을 다시 상기하시고 무리하지 않는 선에서 소화할 수 있는 적절한 무게를 가지고 시작하시길 바랍니다. 그렇게 만들어 놓은 기반들이 나에게 세상의 놀라움을 전해줄 것이고 그것은 나이가 들수록 나를 빛나게 해줄 것입니다.

"우리가 읽는 책이 우리 머리를 주먹으로 한 대 쳐서 우리를 잠에서
깨우지 않는다면, 도대체 우리가 왜 그 책을 읽는 거지? 책이란 무릇,
우리 안에 있는 꽁꽁 얼어버린 바다를
깨뜨려 버리는 도끼가 아니면 안되는 거야"
– 카프카, [변신]중에서「저자의 말」–

2023년 '내 인생의 첫 책쓰기' 심화 과정 커리큘럼

연번	주제
1	구상1_주제, 책을 관통하는 키워드
2	구상2_글감, 어디서 찾을까?
3	기획1_끌리는 컨셉은 무엇이 다른가?
4	기획2_누구에게 무엇을 전할 것인가?
5	집필1_전체 원고, 일단 마침표를 찍자
6	집필2_글쓰기 노하우
7	집필3_쓰기보다 중요한 고쳐 쓰기
8	출판_어디서 출간할 것인가?

나는 글쓰기로 설렌다. 5

발행일 2023년 10월 21일

공저 성화영 · 안재연 · 양설 · 오연미 · 오지연

발행처 인천광역시교육청

주소 인천광역시 남동구 정각로 9(구월동)

전화 032.423.3303

제작·디자인 베리즈 코퍼레이션

ISBN 979-11-974423-5-3 (03800)